Eva Klingler

Solo am Sonntag

BADISCHE GESCHICHTEN

Silberburg-Verlag

Eva Klingler, geboren in Gießen. Sie studierte in Mannheim Germanistik und Anglistik, absolvierte ein Volontariat beim SWR und arbeitete als Lehrerin, Journalistin und Bibliotheksleiterin. Sie hat über zwanzig Romane, Krimis sowie Satiren in verschiedenen Verlagen veröffentlicht. Heute lebt sie als Autorin und Dozentin mit ihrem Mann in Karlsruhe und Sélestat.

www.evaklinglerkrimis.de

1. Auflage 2016

Umschlaggestaltung: Christoph Wöhler, Tübingen.
Coverfoto: © Sergii Moscaliuk – Fotolia.
Druck: Gulde-Druck, Tübingen.
Printed in Germany.

ISBN 978-3-8425-1463-8

Besuchen Sie uns im Internet
und entdecken Sie die Vielfalt
unseres Verlagsprogramms:
www.silberburg.de

Prolog

»Also, Schorsch, kurze Einweisung«, sagt der Hubert, der Wirt des beliebten Lokals »Wurstsalat-Paradies«, zu seinem neuen Oberkellner, einem dünnen, hässlichen Kerl mit einer Miene wie ein schlecht gelaunter Spargel. »Alles ganz normale Leute hier, die Kundschaft. Nur am Sonntag, dahinten an dem runden Tisch, da kommen vielleicht ein paar Granaten, kann ich dir sagen!«

»Wie darf ich das verstehen, Boss?«

»Na ja, ein Frauenstammtisch. Sie nennen sich ›Solo am Sonntag‹, weil sie sonntags alleine sind und sich deshalb hier treffen. Obwohl einige von ihnen Männer haben, aber die sind wahrscheinlich sonntags beim KSC oder machen sonst was Vernünftiges.«

»Schöne Frauen?«

»Mal mehr, mal weniger, eher weniger. Im besten Alter. Reife Früchte. Sie reden und reden. Hab noch nie Kerle so viel reden hören. Vor allem nicht über Handtaschen!«

»Hahaha!«

»Eine hat wohl früher mal richtig gut ausgesehen, ich glaube, sie nennen sie Ingrid. War Schönheitskönigin hinten an der Murg. Und bildet sich heute noch was drauf ein. Aber der Ehemann, ich glaube, der hieß Rolf, meist nennt sie ihn aber den ›heimtückischen Betrüger‹, also der ist ihr entlaufen und jetzt sucht sie was Neues.«

»Wer sucht, der findet!«

»Nicht unbedingt, Schorsch. Dann ist da eine, die ist ein bisschen naiv. Lore heißt sie. So ein Pummel. Du erkennst sie, weil sie breitestes Badisch spricht. Ich glaub, die kann nichts anderes. Wenn sie nicht da ist, lachen die anderen über sie. Die sucht auch.«

»Suchen die alle nach Männern?«

»Nein, die Schicke nicht. Hat rote Haare auf dem Kopf und welche auf den Zähnen. Die ist mit sich zufrieden. ›Sylvia mit den Handtaschen‹ hat dein Vorgänger zu der gesagt. Hat jedes Mal ne andere Handtasche dabei und immer schicke Klamotten. Aber die hat ne scharfe Zunge, musst ein bisschen aufpassen. Die blickt durch.«

»Merk ich mir, Boss.«

»Und dann haben wir noch die Frau Autorin. Brillenschlange, mausgraues Haar. Wichtig, wichtig. Die ist nicht immer dabei. Susanne Löffler. Schreibt Bücher, du glaubst nicht, über was!«

»Kerle?«

»Nee, Schorsch, würd sie wohl gerne. Hunde. Die schreibt Bücher, in denen sie beschreibt, wie sie mit ihrem Köter spazieren geht. Man glaubt es nicht, aber es gibt Leute, die das kaufen.«

»Echt jetzt, Boss?«

»Wenn du Essen bringst, musst du bei einer aufpassen, die Elke heißt. Die ist nämlich tatsächlich verheiratet und kocht daheim wie besessen für ihre Familie. Und meint, sie kann alles besser. Vor allem die Saucen! Meckert immer mal wieder. Aber bei der weiß ich manchmal nicht, ob sie es nicht faustdick hinter den Ohren hat. Wenn sie sich herrichtet, sieht sie ganz passabel aus.«

»Ach so. Stille Wasser sind tief, Boss, was?«

»Du blickst durch, Schorsch. Das gefällt mir. Und dann wär da noch eine andere, groß mit kurzen Haaren, die hat wohl einen Typen zu Hause, ich glaub, er heißt Torsten, aber sie ist immer nur am Meckern, er würd dauernd vor dem Computer sitzen.«

»Na und? Was soll er sonst machen?«

»Ja, ich versteh das auch nicht. Immer will sie mit ihm was unternehmen und ausgehen. Kino. Museum. Die soll doch den armen Kerl in Ruhe lassen. Sie hat schon so einen komplizierten Namen: Johanna-Marie. Bis der sie gerufen hat, ist das Essen kalt.«

»Hahaha. Das ist gut, Boss! Sind das alle?«

»Fast. Dann ist da noch eine, die ist zum Schreien komisch. Gerda heißt sie, aber alle nennen sie »Geerda«. Die kommt aus dem Norden, ich glaub Lübeck, und die hat immer Kostümchen an und Blazer und redet von irgend so einem Pastor, ich glaub, Stüveking heißt der. Man könnt sich kugeln. Und was man alles macht und nicht macht und wie die Leute, wie sagt sie immer ... *hier unten* so sind.«

»Und die kommen jeden Sonntag?«

»Nicht immer alle vollzählig, aber ja, einige sind immer da. Glücklicherweise bestellen sie aber jetzt alle unseren guten Wurstsalat des Tages. Einige von denen haben wohl mal ne Zeitlang vegetarisch gegessen, aber diese Unsitte haben sie wieder abgelegt, was ich so raushöre. Neumodischer Kram. Und ...«

»Ja, Boss?«

»Hör gut zu, was die reden. Mach ich auch. Unauffällig, verstehst du. Immer um den Tisch rum. Ob sie noch was brauchen. Getränke? Brezeln? Und dabei die Ohren gespitzt. Da kannst du nämlich trotzdem was lernen. Über die Frauen.«

»Was denn?«

»Bist du schon verheiratet?«

»Nein, Boss. Ich seh mich noch um. Und Sie?«

»Reden wir nicht drüber. Also, mach mal den Wurstsalat für heute fertig. Zu deinem Einstand klassische Art. Lyoner. Gurke. Zwiebel.«

»Gibt's denn noch andere Wurstsalate, Boss?«

»Das kommt auf deine Phantasie an. Und darauf, was wir gerade in der Küche haben. Alles kann ein Wurstsalat sein. Wart's ab.«

Wer schläft mit wem?

Heute trifft sich eine leider nur im übertragenen Sinne abgespeckte Runde am Stammtisch »Solo am Sonntag«, bestehend aus Hundebuchautorin Susanne, der norddeutschen Pietistin Gerda und der naiven Lore. Die schicke Sylvia, die modisch und auch sonst meistens ein bisschen Pep in die Runde bringt, wird gegen später erwartet.

Es gibt heute den klassischen Wurstsalat mit Lyoner, Gurke und Zwiebeln.

Das Gespräch dümpelt dahin. Wendet sich schließlich dem Thema »Sex and Karlsruhe City« zu.

Susanne behauptet mutig, sie erkenne es, wenn zwei Leute »nix mehr mitenanner habe außer de gegeseitige Renteansprüch!« Und sie setzt noch eins drauf: »Mer sieht des Mensche an, wenn sie noch richtigen, wilden Sex habe.«

»Über so etwas spricht man nicht!«, meint Gerda beleidigt. »Pastor Stüveking ...«

»Der hat's wahrscheinlich auch schon lang nicht mehr mit Madame Stüveking getrieben und wird's auch nicht mehr tun, bis die Halligen untergehen«, unterbricht Susanne roh.

Gerda schüttelt den Kopf. Was haben nur alle in der Runde immer gegen den blassen, frommen Gottesmann aus dem protestantischen Nooorden?

Susanne steigert sich rein. »Ich seh des. Als Autorin. Ich hab dafür en Blick. Des junge Pärle dort, die sehe beide nach nix Besonnerem aus, sin aber froh, dass sie sich irgendwie gefunde habe. Die habe *noch* kein Sex, aber bald knallt's. Er guckt sie nämlich noch so scheu an, des hört dann später auf. Und sie hat noch Vorfreud in de Auge.«

»Susanne!«

»Und die zwei dahinne, die habe garantiert seit Jahren nix mehr mitenanner. Er guckt ins Lokal, sie an ihm vorbei an die Wand. Ihr Händ versuche sich aus'm Weg zu gehe, ihr Knie habe Angst vor der Berührung.«

»Man muss doch nicht in einer öffentlichen Gaststätte …«

»Doch, Gerda. Da komme zwei, die habe e frisch gemachtes Baby dabei. Die hatte also logisch gerechnet was bis vor etwa 11 Monat, aber in letzter Zeit, seit der Schreihals da is, geht nix mehr. Sie hat kein erotische Fraueaugeaufschlag mehr, die hat nur noch en reine Mutterblick.«

»Das ist doch normal!«

»Nee, des is die Eintrittskart fürs Scheidungsgericht! Net heut, net morge, aber dann.«

»Susanne!!«

»Ich kenn mich halt aus.«

Der Wirt bringt noch Apfelsaft und Wein.

»Aber die beide, die jetzt reinkomme … Herrschafte, die habe noch Feuer im Gebälk. Mer sagt ja, dass gute Ehepaare sich mit der Zeit immer ähnlicher werde, und des is bei dene der Fall. Der Ausdruck in de Auge. Genau gleich. Mer sagt ja, Paare suche sich immer gegeseitig nach der ähnliche Position auf der Attraktivitätsskala aus. Und des stimmt bei dene. Groß, schlank, rötliche Haar. Und wie die sich angucke. Intensiv. Und vertraut. Und die habe sich viel zu erzähle. Lebhafte Unnerhaltung. Guck. Mer sagt, dass Unnerhaltung des beschte Vorspiel für geilen Sex isch. Die falle nachher tabulos übernanner her. Und wie er spielerisch nach ihrer Hand greift und sich den Ring ansieht, den er ihr geschenkt hat. Für was wohl? Die sin so vertraut mitenanner, da passt kei Blatt zwische Arsch und Hinnern. Also, die beide mache's noch. Ich kenn mich aus.«

»Das ist eindeutig kein Thema für einen Damenstammtisch«, verkündet Gerda routinemäßig. »Meine Frau Mutter hätte den Tisch verlassen.«

»Oh, Gerda. Deine Frau Mutter hat diese Welt verlassen. Krieg dich ein. Ach, hallo, da kommt die Sylvia, die versteht mich.«

Sylvia samt neuer mauvefarbener Handtasche hat ihren Auftritt. Reibt sich die Hände.

»Brrr, kalt draußen. Hei, Mädels. Sorry, kein Parkplatz. Karlsruh halt. Sogar am Sonntag. Warum könne die Badener net daheim bleibe! Ich bestell mer erst was. Wie heißt der Neue? Aha, also: Schorsch, e Weinle! Worüber habt ihr geredet?«

Schorsch, der Kellner, grinst.

Gerda sieht sich um, leise: »Über den ehelichen Verkehr, den die Leute hier in dem Lokal angeblich haben oder nicht haben. Sylvia, ich muss dich morgen einmal persönlich sprechen ...«

»Ja, Gerda, schon gut. Ihr habt also mal wieder über Sex geredet. Wer macht's und wie?«

»Im ganze Lokal nur die zwei da drübe. Die falle, laut Susanne, nachher übernanner her!«, verrät Lore neidisch und deutet auf das Paar, dessen Unterhaltung immer leidenschaftlicher wird.

»Das stimmt!«, sagt Sylvia trocken. »Ich kenn die zwei. Des sin Sandy und Peter aus Malsch drübe. Und die falle wirklich übernanner her. Das heißt, ihre Anwält erledige das. Des sind Geschwister und die streite seit Jahre ums Erbe. Häusle. Grundstücke. E Waldstückle. Schmuck. Ringe, die sie angeblich der sterbende Mutter vom Finger gerisse hat. Total verfeindet. Dass ihr des net merkt. Die sehe sich doch total ähnlich.«

»Schorsch?«

Susanne bestellt sich noch e Weinle. Grad beim Sex kann mer sich täusche.

Schlussverkauf

Immer noch eher kühle Januarstimmung im »Wurstsalat-Paradies«.

Man serviert den klassischen Wurstsalat von letzter Woche, mit Kressehäubchen, und deshalb heißt der Wurstsalat jetzt auch »Frische Brunnenkresse auf einem Lyoner-Bettchen«.

Lore stochert nur drin herum. Sie hat nach einem deprimierenden Blick auf ihr Geburtsdatum beschlossen, dass sie endgültig nicht mehr länger ein einsamer Single sein möchte, der krampfhaft vorspielt, er sei gar kein einsamer Single. Und tut aber erst mal so, als sei sie eigentlich einst eine ganz coole Socke gewesen.

Mit rauchiger Stimme verkündet sie jetzt am »Solo-am-Sonntag«-Stammtisch: »Mädels, mer habe viel Spaß gehabt, aber es wird nun wirklich Zeit.«

»Spaß, du?«, fragte Johanna-Marie sarkastisch. »Wann? Letzthin an Silvester? Ich weiß, dass du dir da die alten Folgen von der ›Schwarzwaldklinik‹ angeschaut hast.«

»Ja. Oder nein. Egal. Jetzt, wo's aus ist mit dem …« Lore beugt sich vor und flüstert: »Ihr wisst schon, mit der Susanne ihrem Nachbar, der, der mich hübscher gefunde hat als die Susanne.« Lauter: »Also, aufs Alter möcht ich jedenfalls net allein sein!«

»Wir sind doch auch noch da! Alle für einen, einer für alle.«

Lore mustert die vertraute Runde, in der nur noch die Susanne fehlt.

»Danke sehr. Aber in dem Fall zählt ihr net. Ihr seid halt nur Freundinne. Also auch Fraue. Ich brauch aber en Mann, der mich betreut.«

»Meinst du jetzt einen Kerl oder einen Altenpfleger?« Sylvia lacht.

Ingrid schüttelt den einst schönheitspreisgekrönten Kopf. »Egal, was du suchst. Da find sich keiner. In unserem Alter gibt's nix mehr. Den Saisonschlussverkauf hast du glatt verpasst. Wo willst du da noch einer auftreibe? Ich hab alles durch: Kino. Volkshochschul. Galerieeröffnunge. Konzerte. Kirchebesuche. Sogar Beerdigunge. Nix. Net mal mehr Lesbe sin zu kriege.«

»Beerdigungen? Du gehst gezielt auf Beerdigungen?« Gerda schüttelt den Kopf. Im Badischen sind die Leute anders, das weiß sie längst, aber *so* anders?

Ingrid erklärt: »Ja. Große Auswahl an Herren. Zunächst der Witwer selbst. Verletzlich. Aber das hält nur ganz kurz. Mer muss ihn abpasse, bevor die Lebenslust wieder erwacht. Dann wird er wie alle und will lieber was Junges. Dann gibt's Freunde vom Witwer. Brüder der Verstorbene. Und die allgemein weiche Stimmung am offene Grab, die neue Bindunge fördert. Gedanke an die Einsamkeit und de Herbst vom Lebe. Da könnt also schon was gehe.«

»Sterben denn so viele heiratsfähige Leute in deinem Bekanntenkreis?«

Gerda würde sich jetzt gerne bekreuzigen, wenn sie nur katholisch wäre. Aber sie kommt aus dem Norden und aus dem Einflussbereich des guten, braven, stinklangweiligen Pastors Stüveking und ist deshalb evangelisch bis in den maritimen Blazer hinein.

»Des net. Aber es gibt ja noch die BNN und die Todesanzeige ... Wenn *warum* oder *zu früh* drübersteht, könnt's interessant sein.« Ingrid lacht freudlos.

Allen verschlägt es die Sprache angesichts dieses teuflischen Plans.

So trifft Susanne, die nun etwas verspätet hereinschneit, eine verdutzte Freundinnenrunde an. Sie setzt sich, ruft »Schorsch, a Weinle!« über die Schulter und weist Paul seinen angestammten Platz neben Sylvias neuer Handtasche zu.

»Des brauch ich alles net. Die Antwort ist da vor uns!«, sagt die Lore jetzt entschlossen und deutet auf Susannes Hund

Paul, der sich gerade zusammenkringelt, weil er weiß: Das hier wird lange dauern.

»Wieso?« Susanne schält sich aus ihrem Mantel, während sie mit der anderen Hand nach dem Weinglas greift, das Schorsch ergeben vor sie hinstellt.

Ein Schluck und die Tagträume könnten jetzt eigentlich beginnen: Sie wird dieses Jahr einen ganz großen Roman schreiben, das spürt sie. Und in diesem Roman wird kein einziger Hund vorkommen. Sie ist mehr als Paul.

Lore stört: »Der Hund. Mit Hund lernt mer Männer kennen. Des is weithin bekannt.«

Susanne böse: »Ich geh viermal am Tag mit ihm raus. Und warum hab ich dann noch keinen?« Sie wirft drohende Blicke um sich. Wehe, wer die falsche Antwort gibt! Und dann vorsorglich: »Net dass ich unbedingt einer will. Heutzutag ist e Frau auch allein en Wirtschaftsfaktor.«

Lore macht den Mund auf und macht ihn bald wieder zu, weil ihr keine Antwort einfällt.

Dafür weiß Sylvia aber Bescheid: »Weil du Schriftstellerin bist. Des riecht nach was Besonderem. Und Männer wolle keine besondere Fraue, sondern ganz normale, so wie ihre Kusinen oder ihre Schwestern. Alles andere schmeckt für sie nach intellektuelle Überstunde. Abends, wenn sie daheim sind und endlich ihr Ruh habe wolle. Nur nix lese müsse. Oder gar drüber diskutiere. Das is Spitzgras für Kerle ab … naja … ab vierzig. Spätestens.«

Lore reist weiterhin als Anhalterin im Land der Fantasie umher. »Ein Mann, der dir abends die geschwollene Füßle eincremt, der dich im Krankehaus besucht und der mit dir gute Gespräche …«

»Ich kündige jetzt des Frau-mit-Herz-Abo für dich, Lore. Des sin Träum aus de 50er Jahre. Außer dene gute Gespräche natürlich. Die gab's damals und heut net. Kein Mann will des.«

Lore lässt sich aus ihrem Land der Fantasie so schnell nicht vertreiben. »Leih mir dei Hundle, Susanne. Nur mal en Mittag.

Am Freitag. Nee, besser am nächschte Sonntag. Um die Mittagszeit. Ich zieh des neue geblümte Kleid vom C & A an und geh mit Paul im Schlossgarte auf und ab und auf und ab, bis was passiert. Abends kann ich euch dann berichte.«

Beim nächsten Stammtisch »Solo am Sonntag« sieht eine gespannte Clique die Lore wieder.

»Bin ich kaputt!« Lore lässt sich auf einen Stuhl fallen.

Offenbar ist sie immer noch Single. Paul liegt in der Ecke und öffnet auf Zuruf nur ein Auge.

Lore seufzt, während sie den Wurstsalat des Tages mit Mais und Bohnen zu sich nimmt.

Susanne ist empört: »Lore, des erlaub ich net mehr! Du ruinierst ja mein Hund mit deine liebestolle Ausflüg! Der ist ja ganz fertig! Und ich hab bald en Auftritt in der *Futterschüssel* in Bruchsal. Da muss er fit und jugendlich-dynamisch aussehe! Selbstoptimierung gibt's heutzutage auch für Hunde. Die Konkurrenz is groß. Kürzlich hat sich en Cavalier King Charles um Pauls Job beworbe. Mit Ohre so groß wie die vom echte Prinz Charles.«

»Genau, Selbstoptimismus. Also, ich erzähl euch von heut Mittag. Ich hab also regelmäßige Pause auf alle mögliche Bänk gemacht. Schon aus gewisse Gründ.« Lore leert mit vielsagendem Blick ein Glas Mineralwasser auf einen Zug.

»Hat es denn wenigstens was gebracht?«

»Also. Ich hab alles angesproche, was irgendwie männlich war und sich am annere End von einer Leine befunde hat. Einer hat echt gut ausgsehe, so en graumelierte Lockekopf, kreativ und sportlich, richtiges Alter, hat aber sei Töchterle dabeigehabt. Macht nix, denk ich. Krieg ich gleich e fertiges Kind mit dazu. Aber zu dem Mädle gibt's auch e Mutti, hat er dann ganz müd erzählt, und bald e Brüderle. Sie liegt bereits in de Fraueklinik. En annerer hatte en Kampfhund mit Maulkorbzwang dabei. Auf seinem T-Shirt ist gestande: ›Es liegt nicht an dir. Ich hasse alle!‹ Einer mit em ganz goldige Chihuahua war schwul und war grad auf'm Weg zu sei'm neue Freund. Und einer, so en großer dunkler Typ, hat gesagt, sein Hund ist ihm lieber als Mensche. Von Mensche hat er nämlich genug. Von Fraue sowieso. Ich fand's auch eigeartig, dass er Plastikhandschuh und en Mundschutz getrage hat. En annerer war froh, dass sein Hund so treu war, als er im Knast gesesse is, und der Letzte, den ich getroffe hab, hat sich den Hund nur ausgeliehe, um Fraue kennezulerne.«

»Des hätt doch gepasst. Von der Motivation her.«

»Ja, mir habe uns auch länger unterhalte. Aber dann hat er gesagt, er will im Alter net allein sein und dass es auch günstiger ist, wenn mer sich e Zimmer im Betreute Wohne zusamme nimmt. Oder e Polin teilt.«

»Ja und?«

»Aber er will was Junges, mit der er sich die Polin teilt. Was ihn auch bestimmt bei beschter Gesundheit überlebt. Net, dass er sie noch pflege muss und die Polin hinnerher ganz allein bezahle müsst.«

»Ach je. Gibt's so was wirklich! Und sonst ist nix passiert?«

»Ich hab aber am See hinte e total nette Frau kennegelernt. Ich hab ihr gesagt, des ist der Hund von ner Schriftstellerin. Da war se gleich sehr interessiert, während dene Männer des total wurscht war. Sie will demnächst zu deine Lesunge komme. Sie is beruflich Krankeschweschter. Mir habe gleich Adresse ausgetauscht. Wiebke heißt se. Wenn ich mal was bräucht, könnt ich sie jederzeit anrufe.« Lore seufzt. »Seht ihr. Ich denk grad um. Fraue sin halt doch die bessere Altersversorgung! Außerdem lernt mer leichter welche kenne, die gut aussehe, kei erkennbare Psychopathe sind und sonntagmittags Zeit habe.«

»Ebe!«, sagt Ingrid düster. »Lesbisch müsst mer sein!«

Polyamor

Der »Solo-am-Sonntag«-Stammtisch tagt. Die Stunde ist fortgeschritten. Ein ohnehin grauer und kühler Tag ist zum kalten Abend geworden. Die zweite Runde Viertele ist bereits fast getrunken. Nur die Autofahrerinnen sitzen mürrisch vor einem Mineralwasser.

Alle haben etwas gegessen, aber die meisten haben heute keine Lust auf Wurstsalat gehabt. Sylvia: Salat wegen der Linie. Ingrid: Risotto, keiner weiß, warum. Vielleicht hat sie ein Auge auf einen italienischen Risottokoch geworfen. Lore: Huhn mit Pommes, weil sich ein Huhn zu Hause für einen Single sonst nicht lohnt, und Elke: Braten mit Soße, weil sie wissen will, wie der hier schmeckt und ob sie etwas lernen kann, was sie aber nicht glaubt.

Gerda hat Matjes bestellt und die Nase gerümpft, als er kam: »Kann man hier unten nicht bestellen! Nicht süß genug.« Sie sagt »be-s-tellen« und rührt noch extra Zucker in die Sauce.

Johanna-Marie hat als Einzige den Wurstsalat des Tages bestellt, weil er aus einer hübschen Mischung von handlichen Miniwienerle und Minikarotten besteht.

»Das würd dem Torsten auch schmecken. Da trifft er mit der Gabel blind immer was zu essen und muss die Augen nicht vom Bildschirm nehmen.«

Ingrid hat noch etwas zu erzählen und muss es hastig loswerden: »Du, der Marius, ja, der aus dem Kreativlade vorn am Kreisel, ja, den ich mag … Der ist aber nicht treu und wird's auch nie sein, das sagt er jeder Frau gleich von Anfang an und deshalb mach ich mir nix aus ihm, denn für einen untreue Kerl hätt ich auch mit meinem eigene Mann zusammebleibe könne, jedenfalls hat er mir e tolle Gschicht erzählt. Eine

Gschicht von seiner Lebensform. Und die Lebensform nennt mer ›polyamor‹.«

Alle kichern.

Ingrids Mann Rolf hat sie für eine Saunabekanntschaft namens Gaby verlassen. Nachdem er Gaby lange genug nackt gesehen hatte, wollte er wissen, wie sie in T-Shirt und Jeans aussieht, und da war's um ihn geschehen gewesen.

»Ich kenn nur Polycolor für mei Haar. Polyamor?«, fragt Lore, die leider monoamor ist oder vielmehr »gar nicht amor«.

»Ja, die Polyamoren habe viele Partner und keiner is eifersüchtig. Aber die muss mer halt auch erst auftreibe, die viele Partner, mit denen man dann polyamor sein kann. Der Marius lernt jedenfalls im Internet immer reife Fraue kenne. Und da war jetzt eine, die hat mit ihm vereinbart, dass sie sich in em total abgedunkelte Hotelzimmer treffe und miteinander schlafe, ohne sich jemals gesehe zu habe. Ist des net toll? Nur Berührunge und geflüsterte Wörter. Schmutzige Wörter. Gib's mir. Ja, ja, ja, du Tier ... so in der Art.«

»Sooo schmutzig? Wow. Und?«

»Na ja, und dann hatte sie also Sex, und es war super, sagt er, total intensiv, und am andere Morge will er mit ihr frühstücke und dann sieht er, dass sei Gespielin e Politesse is, die er schon mal als ›fette Bordsteinnutte‹ bezeichnet hat. Als sie ihm nämlich en Strafzettel in der Karlstraß unter die Scheibewischer geklemmt hat, obwohl er grad angsprunge kam und geloge hat, er wär mit seim kleine Bub beim Notarzt gewese. Jeder weiß doch, dass der Marius nur e Siamkatz hat.«

»Na ja, jetzt hat das ›Gib's mir‹ wenigstens e neue Bedeutung. ›Gib mir den Strafzettel‹«, versetzt Sylvia trocken.

»Und?« Gerda tut zwar immer sehr protestantisch-prüde, aber jetzt will sie doch wissen, wie es ausgeht.

»Sie raus aus'm Bett, ins Bad, in ihr Uniform geschlupft und fort war se. Als er sich erholt hat, die Hotelrechnung bezahlt hat und runterkomme is, klebt en fetter Strafzettel an seim Auto. »Verkehrsuntüchtig« hat sie noch mit der Hand draufgschriebe. Darf mer des? E Dokument verändere?«

»Un? Is er jetz geheilt von dem Polydingsda?«

»Der Marius geht jetzt jedenfalls nur noch ins Parkhaus! Des kommt insgesamt billiger.«

Der frühe Vogel hat Chaos im Gefieder

Susanne hat ein Problem und das teilt sie mit dem Sonntagsstammtisch, der gerade durchaus angetan einen Drei-Sterne-Wurstsalat aus Rinderfiletstreifen und Apfelstückchen zu sich nimmt. Draußen herrscht feuchtkühles Erkältungswetter, da können die Apfelvitamine nicht schaden.

Susanne: »Ihr alle seid ja in irgendwelche Büros und schafft zu festgelegte Zeite. Wollt ich nie. Ich bin wie en Adler, der frei über eure kleinkarierte Bürowelte kreist.«

Der selbsternannte Adler bestellt sich bei Schorsch noch einen Wein. Sinnt nach.

»Wenn mer aber freiberuflich ist, dann braucht mer mehr Disziplin als der Normalmensch, also als Fraue wie ihr. Deshalb hab ich beschlosse, hinfort früher aufzustehe. Des is gut für den Biorhythmus un außerdem verlängert mer damit die Lebenszeit.«

»Wieso?«, fragte Lore. »Und was ist des: hinfort?«

»Das ist gutes Deutsch für ›von jetzt an‹. Ein schöner alter Ausdruck, der bei unserer sprachlich degenerierte Jugend ausgestorben ist, aber wir Autore kenne den noch, denn wir Autore sind die Hüter der Sprache. Schriftsprach.«

Elke, die als Einzige in der Runde über eine sprachlich degenerierte Jugend verfügt, hört gedanklich, wie Joanna zu ihrem Bruder sagt: »Hey, du Nerd, lass mich *hinfort* in Ruh mein Döner essen oder ich till aus!«

Elke seufzt in Gedanken. Bald ist Elternabend und sie wird wieder nichts Erfreuliches über ihre Brut hören. Vielleicht ist ja der attraktive Vater jenes Jungen da, der kürzlich im Medienraum heimlich 2000 Kopien von seinem Schülerausweis gemacht hat, damit der Mathelehrer später keinen Toner für die Kopie der Klassenarbeit mehr vorfindet. Ein Tag

Schulverweis! Joanna hatte nur kommentiert: »Hat der ein Glück, echt, ey!«

Susanne entwickelt indessen ihre Theorie weiter.

»Also: Normalerweise schläft mer von ... sage mer 23 Uhr bis morgens um sieben. Des sin acht Stund. Steh ich um fünf auf, was um die trübe Jahreszeit natürlich net einfach is, hab ich jeden Tag 2 Stunden mehr Lebenszeit. Des sin, wenn mer e paar Tag wie Krankheit un so weglässt, 700 Stunden mehr Lebenszeit pro Jahr. Wenn mer des durch 24 teilt, dann is klar, dass mer etwa 30 Tage mehr lebt. Also den Gegenwert von 30 Tag.«

Alle starren Susanne an. So schnell kann keine mitrechnen. Nicht nach zwei Viertele.

»Ich steh in Zukunft um haargenau 5 Uhr auf, verlängere dadurch mei Lebe arithmetisch und kann mehr schaffe! Kreativ gesehe.«

»Echt?« Wer anders als Lore könnte diese Frage gestellt haben!

Susanne steht tatsächlich am folgenden Montagmorgen um genau 6.21 Uhr auf. Reißt das Fenster zur Straße auf, die noch fast im Dunkeln liegt. Und schaut dennoch Dinge, die sie noch nie geschaut hat.

Beispielsweise die Zeitungsfrau. Eine derbe, verhärmte Frau mit struppigem Haar, die von einem Köter mit ähnlicher Frisur begleitet wird.

Susanne findet, dass es ihrer schriftstellerischen Authentizität gut täte, wenn sie sich mit genau dieser Frau jetzt unterhalten würde.

Bemühtes Hochdeutsch: »Ist das nicht sehr anstrengend, so früh aufzustehen?«

Die Frau starrt Susanne erstaunt an. »He? Wieso?«

Der Hund, der wohl noch niemals erlebt hat, dass sein Frauchen angesprochen wird, knurrt und zeigt ein paar gelbe, krumme Zähne.

In diesem Moment schießt Susannes eigener Hund Paul von oben herunter, geradewegs auf den struppigen Köter der Zeitungsfrau zu. Der checkt die Lage sowie den Gegner und rennt weg. Paul, selbstbewusster Medienstar und Titelbild auf Frauchens Hundebüchern, kläffend und bellend hinterher. Als aus seiner Sicht angenehmen Nebeneffekt scheucht er noch eine schlaftrunkene Katze auf, die auf einer Fensterbank auf ihre Morgenmilch wartet und die bei der überstürzten Flucht mehrere Blumentöpfe laut klirrend umwirft.

Die Zeitungsfrau schreit: »Robespierre, komm sofort zurück!«

»Robespierre?«, fragt Susanne. »Was is des für en Name für den Hund von jemand wie Sie!«

»Ihnen! Ihnen! Und was soll des heiße? Der Vorgänger hieß Rousseau. Ich hab's halt mit französische Philosophe und Politiker!«

»Des derf net sein.«

»Ich kann mein Hund nenne, wie ich will. Mir hier in Baden lebe in einer Demokratie!«

Die Katze rennt über die Straße und ist kurz davor überfahren zu werden. Doch die Bremsen eines ersten Müllwagens kreischen in letzter Sekunde.

Türkische Flüche erfüllen die kühle Morgenluft, Fenster öffnen sich, Lichter flammen auf, schlaftrunkene Gesichter kleben hinter den weggezogenen Gardinen.

»Einbrecher!«, schreit die alte Frau Olig aus Nummer 12. »Polizei! Des sin Araber. Isis-Krieger!«

Getöse überall. Irgendjemand, vielleicht der bärbeißige Hausmeister, muss die Polizei gerufen haben, denn es dauert nicht lange und mit Blaulicht und Martinshorn erscheint die Ordnungsmacht. Ein noch nicht ganz ordnungsgemäß zugeknöpfter junger Beamter steigt aus und wirft die erste Zigarette brennend in hohem Bogen weg. Dummerweise auf den mit Papier gefüllten Wagen der Zeitungsfrau …

»Naja«, sagt Susanne, erschöpft von der Wiedergabe dieser morgendlichen Erlebnisse beim Stammtisch am darauffolgenden Sonntag. Der Wurstsalat bestand diesmal aus gerösteter Leberwurst mit Apfelscheiben und schmeckte überraschend lecker. Sie winkt Schorsch, dessen Ohren so groß wie Weltraumempfänger sind. »Noch e Weinle. Und als dann die Feuerwehr gekomme is, bin ich wieder ins Bett. Ich hab beschlosse, in Zukunft doch etwas später aufzustehe. Ich glaub, ich leb dann insgesamt vielleicht kürzer, aber ruhiger.«

Bunte Pigmente

Lore hätte wahrscheinlich gerne Kinder gehabt.

Zumindest ist sie immer die Einzige, die am Stammtisch mit ehrlichem Interesse nach Elkes Kindern fragt: »Hat die Joanna schon des Ergebnis von ihrer Deutscharbeit? Und ist dein Bub wieder gesund?«

Auch im Alltag blickt sie in jeden Kinderwagen, der in ihrem Wohnviertel an ihr vorbeigeschoben wird, und jubelt bei jedem Baby »Wie süß!«, auch wenn ein affenähnliches Gesichtchen aus dem Wagen herausguckt. Aber das verwächst sich ja meistens.

Eine verhängnisvolle Affäre hat sie inzwischen mit dem Kind zwei Häuser weiter, Erdgeschoss links, angefangen. Die Kleine kam erst einmal, dann zweimal, dann fast jeden Tag und manchmal sogar abends, obwohl es jetzt noch winterlich und abends früh dunkel ist. Sie streicht um Lores Keksschachtel mit den übriggebliebenen Plätzchen von Weihnachten herum, plappert, stellt tausend Fragen, wartet nicht auf Antwort, sondern stellt die nächste Frage und malt ihr jene Bildchen, die seit Höhlenmalerzeiten von Kindern für ältliche Tanten gemalt worden sind. Hunde und Katzen, die einander täuschend ähnlich sehen, Prinzessinnen, die niemandem ähnlich sehen, schiefe Häuser und fahruntaugliche Schiffe.

Lore freut sich jedes Mal.

Eines Tages bittet die Nachbarin Lore, das Kind namens Lena-Marie vom Kindergarten abzuholen. So lenkt Lore ihre Schritte zum Kindergarten im Frühlingsweg; ein Ort, der bisher für sie ein Mysterium war.

Sie klingelt, erklärt sich, die Kindergärtnerin lässt sie ein und Lena-Marie wird im Spielzimmer »Sommerdelphin« gesucht.

Sie ist aber nicht zu sehen. Lore, die nach eigenen Vorstellungen bestimmt eine Supermutter gewesen wäre, späht und späht.

»Eben war sie noch da!«, sagt die Kindergärtnerin, die heute Erzieherin heißt. »Die Kinder haben eine motorisch starke Phase um die Uhrzeit!«

Zwei motorisch starke Jungs schlagen sich gegenseitig mit Schwertern aus Schaumgummi.

»Ich töte dich!!«

»Ich töte dich noch mehr!!«

Lore lächelte huldvoll, weil man das in Kindertagesstätten so macht. Dann entdeckt sie Lena-Marie, die sich hinter einem anderen Kind versteckt.

»Da ist sie, hinter dem schwarze Mädle!«

»Wie bitte?«, fragt die Erzieherin schockiert. »Wohinter?«

»Na, da hinter dem schwarze Mädle!«

Leise die Erzieherin: »Das sagen wir hier nicht!«

»Schwarz? Net? Warum net?«

»Weil es diskriminierend ist. Die Zeit der Negerküsse ist ja gottlob vorbei, nicht wahr! Das sind jetzt Schaumküsse, wie Sie wissen.«

»Ja, das hab ich auch schon gehört«, beeilt sich Lore zu sagen, um politisch korrekt zu erscheinen. »Also, Lena-Marie steht hinter dem farbige Mädle.«

»Hinter *wem*?« Strenger Blick aus den Augen der Erzieherin.

Lore wird unsicher.

Die Erzieherin schüttelt den Kopf. »Das sagen wir auch nicht mehr, denn es ist diskriminierend. Farbig, nicht farbig, mehrfarbig ... Das sind doch alles Wertungen. Wenn man so anfängt, ist man irgendwann bei besser und schlechter.«

Lore schluckt. Das Kind ohne Bezeichnung haut Lena-Marie auf den Kopf, Lena-Marie beißt es in die Wade.

»Was sage Sie denn dann zu ... diesem Mädle?«

»Nun, Louise, so, wie sie heißt, oder hätten Sie gerne, dass jemand ›die dicke Frau da‹ zu Ihnen sagt?«

»Nein! Wieso auch?«

»Also.«

»Und wie sage Sie jetzt zu ihr, wenn Sie ihren Namen net wisse?«

»Stärker pigmentiert!«

»Wie?«

»Die Louise ist wie alle anderen Kinder auch, sie ist lediglich stärker pigmentiert.«

»Ich verstehe!«

Inzwischen hat sich die Runde verändert und neue Kinder sind hinzugekommen. Auch ein kleinerer Junge, der Louise ähnlich sieht und vermutlich ihr Bruder ist, taucht auf.

»Lena-Marie!!«, ruft die Erzieherin.

»Sie versteckt sich hinter dem stärker pigmentierten Mädle und dem stärker pigmentierten Jungen!«, sagt Lore gehorsam.

In dem Moment öffnet sich die Tür und eine stärker beziehungsweise stark pigmentierte Frau in Kostüm und mit Brille betritt die Bühne. Sieht sich um. Lacht.

»Louise. Jason. He, kommt her! Habt ihr wieder was angestellt, ihr kleinen Teufel? Sofort zu Mama. Und sagt ordentlich auf Wiedersehen!«

Die zwei Kinder traben herbei. Lena-Marie gesellt sich mürrisch zu Lore.

Beim Hinausgehen sagt die Brillenträgerin leise zu Lore: »Sind freche kleine Mohrenköpfe, meine zwei. Aber ich liebe sie eben doch!«

»Oh, nein. Schaumküsse«, sagt Lore schwach. »Es sind freche kleine Schaumküsse!«

Stoffgebundene Sucht

Jeder, der die Sylvia kennt, kennt auch ihre Sucht: Handtaschen.

Kaum ist die Jagd nach der perfekten Tasche beendet, macht sich eine nagende Unzufriedenheit und Leere in ihr breit.

Was tun, wen jagen, wenn die Beute in schwarzlederner Gestalt erlegt vor ihr liegt?

So perfekt ist sie außerdem auch wieder nicht, die Neue. Außerdem ist sie schwarz und braun wäre besser, jetzt auf den hoffentlich irgendwann eintreffenden Frühling. Man könnte also doch noch mal schauen, ob es in der Stadt etwas Braunes gibt, das …

Nun hat sie eine wunderbare Tasche aufgetrieben. Das hat ihr noch gefehlt: Ein großer, schwarzer Beutel, weite Öffnung, Seitenfach, rot ausgeschlagen. So ein Beutel sieht stylish aus.

Sylvia am Stammtisch, nachdem der Wurstsalat Vogesenart mit Münsterkäse und Lyoner verzehrt ist: »Ich hab mal e Führung im Theater mitgemacht und da kame wir auch in den Raum, wo sich die Balletttänzerinne fertig mache. Dünne, ausgemergelte Dinger übrigens. Hohe Backeknoche, zurückgebundene Haar und Auge wie Unnertasse. Egal, aus welchem Land die sin, alle sehe gleich aus.«

»Mit ner Figur wie die Lore kann mer halt net Balletttänzerin werde. Da bebt ja der Bühnenboden!«, bemerkt die Ingrid, die von sich meint, sie hätte eine bessere Figur als die anderen.

»Wie meinsch jetzt des? Ich kann immer noch mei 42 trage!«

Gerda lächelt herablassend. Sie hat die aufrechte, stockgerade, dünne hanseatische Figur von ihrer Mutter geerbt und die sie wiederum von ihrer Mutter. Man nimmt eben in Lübeck nicht täglich fette Sahnesaucen zu sich. Ein Stückchen Graubrot und ein Löffelchen Quark reicht. Jetzt in der Fastenzeit sowieso.

»Egal. Also habe die alle solche große Beutel, wo sie ihr Schläpple und Mineralwasserflasche aufbewahre. Was anneres brauche die net.«

»Jemine!«

»So en Beutel is stylish. New York, Backstage. Da gibt's so Beutel.«

»Na, dann sei froh!« Lore ist jetzt mürrisch.

»Der Beutel hat nur einen Nachteil.«

Alle hatten es geahnt. Es ist wie mit den Männern. Alle haben was: Einer hilft nicht beim Spülmaschinenausräumen, einer setzt sich beim Pinkeln nicht vorschriftsgemäß hin, einer hat keine Freunde, ein anderer zu viele, einer guckt jedem Rock hinterher, einer hat null Interesse an Sex, einer arbeitet zu viel und der nächste hat nicht die Spur von beruflichem Ehrgeiz.

Genauso ist es auch mit Sylvias Taschen. Übertragen gesehen.

»Sie hat nur en kurzer Henkel. Ich kann sie net quer umhänge, falls ich mal auf Reisen geh oder – Gott bewahre – den Hund von der Susanne hüten muss. Des ist en Nachteil an der Tasch. Schad.«

Die schwarze Tasche steht ganz unwissend neben Sylvia und weiß nicht, dass ihr Totenglöcklein schon läutet.

»Außer, ich mach mir selbst en langer Henkel dran.«

»Könne mir mal über was anderes rede!«, sagt Johanna-Marie. »Was mit mehr Tiefe. In der Welt passiere schreckliche Sache. Erdbebe, Enthauptunge, Flüchtlingsdrame und solche Sache ... Ich möchte mich auch mal über was Politisches austausche.«

»Das Private ist das Politische, hat Theodor Adorno gesagt!«, behauptet Susanne affig.

»Theodor wer? Ich dachte, Effi Briest is von dem. Sag mal, Gerda. Du bisch doch von da obe, wo es immer stürmt!«

»Es handelt sich wohl um Theodor Fontane! Den anderen Herrn kenne ich nicht.« Gerda verdreht die Augen gen Himmel, wo Mama und Wellensittich Michelangelo warten.

Die »Solo-am-Sonntag«-Runde bemüht sich jetzt um mehr Niveau und spricht kurz über Bücher, die sie gelesen haben. »Also, irgendwas mit Apfelkerne ... oder so ... sehr intensiv, sehr gut. Ich kann's euch mal ausleihe!«

Gähn.

»Also ich ... eine Entdeckung, ... ein irischer Autor. Alkoholprobleme. Sehr düster.«

Gähn.

Sylvia ist scheißegal, was die anderen lesen. Sie lässt der Gedanke an einen langen Henkel für ihren neuen Beutel nicht los.

Zu Hause durchwühlt Sylvia sofort die Schachtel mit Schulterriemen, die sie auch dann noch aufhebt, wenn sie die eigentlichen Taschen schon längst entsorgt hat. Entweder braun mit Silberschnalle, grau mit Silberschnalle, schwarz mit Messingschnalle oder schwarz mit Goldschnalle. Keiner ist schwarz mit Silberschnalle.

Sie betrachtet den Beutel lieblos. Er war nicht billig gewesen. Wenn sie jetzt ein ganz preiswertes Täschchen kaufen würde, nur wegen des Riemens, so könnte sich das lohnen.

Am nächsten Nachmittag, nach dem Büro, steuert Sylvia mit gesenktem Kopf ein politisch total unkorrektes Geschäft in Karlsruhe an, den Primark. Es geht zu wie in einem Basar. Junge Mädchen trampeln lieblos auf T-Shirts für 2 Euro herum, die irgendjemand auf den Boden geworfen hat. Die übriggebliebene Winterware wird für ein paar Cent auf riesigen Haufen verscherbelt.

Jeder weiß, dass diese Sachen in gewerkschaftlich nicht korrekt organisierten Betrieben in feuchtwarmen Ländern hergestellt werden und man hier besser nicht gesehen wird.

Sylvia durchsucht die identischen Taschen, die in riesigen Kontingenten an Haken baumeln. Alle fünf Euro oder zehn Euro. Findet tatsächlich ein schwarzes Exemplar mit zwei Reißverschlüssen. Schwarzer Riemen. Silberschnalle. Abnehmbar.

Zusammen mit zwei Schlechtes-Gewissen-Sommer-Shirts für immerhin vier Euro zahlt sie an der Kasse bei einer der zahllosen Verkäuferinnen mit irgendeinem Migrationshintergrund und knipst gleich den schwarzen Riemen ab. Wohin jetzt mit der billigen schwarzen Tasche? Die kann sie nicht brauchen. Für nix.

Da, ein einfach gekleidetes junges Mädchen streicht sehnsüchtig an der Wand mit den Taschen entlang.

Eine gute Tat steht kurz bevor.

»Du, da. Ich schenk dir diese Tasche!«, verkündet Sylvia großmütig.

»He?« Das Mädchen glotzt.

»Ich hab nur den Henkel gebraucht. Die Tasche benötige ich nicht.«

»Mama?« Das Mädchen schreit um Hilfe.

Eine stämmige Muttergestalt erscheint.

»Die Frau will mir e Tasch schenke!«

Man sollte meinen, Sylvia habe dem Kind ein unsittliches Angebot gemacht. So etwa, als hätte sie geflüstert: »Komm mal mit mir raus, ich sag dir, wo du ganz leicht Geld verdienen kannst, musst dich nur ein bisschen hübsch machen und tabulos sein …«

»He?«, fragt nun auch die Mutter.

»Also, ich habe eine andere Tasche und die war sehr teuer, hat aber nur einen kurzen Henkel und da ich manchmal den Hund meiner Freundin ausführe und auch so, also, ich brauche noch einen langen Henkel, und da habe ich mir diese Tasche hier gekauft, aber nur wegen des Henkels, die Tasche selbst, die ja auch einen kurzen Henkel hat, brauche ich nicht, also könnte ich sie verschenken.«

»He?«, fragt die Tochter, die wahrscheinlich die Gymnasialempfehlung knapp verpasst hat.

»Des geht net!«, sagt die Mutter nach einem abschätzigen Blick auf die schwarze Tasche. »Da werde mer beim Rausgehe angehalte.«

»Nein. Gewiss nicht. Ich hab sie doch bezahlt.«

»Ja, Sie vielleicht, aber net mir.«

Inzwischen taucht die Oma der Familie auf. Strenger, lebenserfahrener Blick.

»Die Frau will der Jasmin e Tasch schenke, die sie net mehr braucht.«

»He?«, fragt die Oma. Dieser Ausruf scheint in der Familie genetisch verankert zu sein.

»Sie können sie ruhig nehmen. Sie ist ja bezahlt.« Jetzt fleht Sylvia fast.

Eine kleine Traube von Menschen hat sich um die Szene gebildet.

»Wenn mer rausgehe, piepst des und mir könne nix beweise.«

»Ich wär ja auch mit ihr rausgegange. Ohne Piepse!«

»Da müsse wir erst die Verkäuferin frage.«

Nach kurzer Suche erscheint eine Verkäuferin.

»Die Frau hier verschenkt Taschen«, fasst die Oma das Geschehen zusammen. »An fremde Kinner!«

Die Verkäuferin erbleicht. Das ist nicht im Sinne der Firma.

»Kommen Sie bitte mit zum Abteilungsleiter!«

»Ich habe die Tasche aber bezahlt! Hier ist die Quittung!«

Sylvia weiß jetzt, wie es Opfern von Justizirrtümern ergeht.

Der Abteilungsleiter, ein kleiner, schwarzhaariger, spanischer Typ, streicht sich das Haar aus der Stirn. »Dann nehmen Sie Ihre Tasche bitte mit nach Hause. Hier wird nichts verschenkt.«

Diese ewige Wahrheit im Hinterkopf, verlässt Sylvia den Primark. Mit Tasche.

Gleich auf dem Platz vor der Postgalerie wirft sie sie politisch total unkorrekt in einen Abfalleimer.

Beim Umdrehen sieht sie, wie ein Obdachloser sie aus dem Eimer zieht.

»Na, also!«, denkt sie und fühlt sich nicht mehr ganz so schäbig. »Geht doch!«

Dass er sie nach kurzer Inspektion kopfschüttelnd wieder reinwirft, sieht sie nicht.

Swinging Bruchsal

Am Stammtisch wird ab und zu über Sex geredet. Johanna-Marie ist dann immer auffallend still. Bei einem Mann würde man vermuten, dass er schweigt und genießt, bei einer Frau nimmt man an, es läuft nichts mehr zu Hause, und das stimmt bei Johanna-Marie leider auch.

Lange hat Johanna-Marie widerstanden. Hat sich idiotischerweise eingeredet, Sex sei nicht wichtig und Treue sowie Verlässlichkeit, Humor, gemeinsames Kochen, Lachen, Reden und Verreisen machen eine gute Beziehung aus. So wird es glücklichen Paaren ja auch in den Zeitschriften verordnet.

Nachdem sie nach einem langen, ehrlichen Blick auf Torsten und sich aber festgestellt hat, dass nichts von all diesen schönen Dingen bei ihnen beiden zutrifft, beginnt der Gedanke an Sex wieder neue Bedeutung zu erringen. Zumal der Frühling mit den entsprechenden Düften, Vogelgeräuschen und Knospen vor der Tür steht.

War es ein Zufall, dass sie beim Gold-Yoga diese Schlampe von ehemaliger Freundin, eine gewisse Mella, wiedergetroffen hat, die immer schon von lockerer Moral gewesen ist und ständig von Männern gesprochen hat, die »gut im Bett«, »oh lala«, »vergiss es« oder »ausbaufähig« waren?

Während Johanna-Marie Baumwollschlüpfer unter ihrer bequemen Yogahose trägt, spannen unpraktische Spitzenslips über Mellas rundem, glattem Po, den ein Stück Stoff in zwei appetitliche Hälften teilt.

»Noch was los bei euch zwei?«

»Wie?«

»Na, abends, wenn die Tagesthemen vorbei sind. Du erinnerst dich. Frau – Mann. Zwei verschiedene Ausstattungen untenrum.«

»Ja, also nach den Tagesthemen ... dann schaut Torsten seine Schwedenkrimis. Die zeigen sie so spät, weil sie so brutal sind.«

»Aha. Und sonst? Schwedischen Schweinkram im Bett?«

»Nein, nicht so direkt.«

»Und? Hast du nicht mal Lust auf ...«

»Nun ...«

»Ich sag dir was. Normalerweise mach ich das ja nicht, aber du bist keine Konkurrenz für mich, deshalb riskier ich das mal ... Ich geh Samstagabend in den *Love Point* in Bruchsal. Komm mal mit, da kannst du deine Hormone mal wieder auf Vordermann bringen.«

»Mit wem soll ich da hingehen?«

»Mit mir!«

»Tut mir leid. Ich bin nicht lesbisch.«

»Ich auch nicht, Schätzchen. Ich auch nicht. Das ist ein sehr feiner Club. Nur für Mitglieder.«

»Was für ein Club?«

»Zum Sich-näher-Kommen. Paare, Singles, Männer, Frauen. Durcheinander.«

»Sprichst du etwa von einem Swingerclub? Und das in Bruchsal?«

»Na, du bist ja ne ganz Aufgeweckte.«

»So was mach ich nicht. Mit einem fremdem Mann mich stöhnend auf Lagern wälzen, in wildem Sex, tabulos und am ganzen Körper feucht vom Champagner, den er aus meinen Schuhen und meinem Bauchnabel trinkt ... Wann genau gehen wir?«

»Ich hol dich um 22 Uhr ab. Und bring bitte ein Handtuch mit.«

»Warum?«

Mella zwinkert nur vielsagend.

Johanna-Marie tut am Samstag so, als packe sie ihre Schwimmtasche.

Gott sei Dank interessiert sich Torsten sowieso nicht für sie und sieht nicht, dass sie aussieht, als laufe sie Werbung für die Parfümeriekette Douglas.

»Mitternachtssauna mit den Mädels. Na, viel Spaß. Heißt das also, ich muss Frank Elstner alleine sehen?«

»Ja, Schatz. Aber du wirst es kaum bemerken.«

Keuscher Kuss und ab in die Sünde.

Unkonventionell. Verboten. Verrückt.

Der Club *Love Point* liegt in der Nähe der Autobahnauffahrt und unweit von McDonalds. Das Gebäude ist schlohweiß mit griechisch anmutenden Säulen.

Draußen ordentlich, aber drin waltet die ungebremste Unzucht, denkt Johanna-Marie mit einem wollüstigen Schaudern.

»Das ist Jo. Die ist neu. Ich hab sie mal mitgebracht, damit sie einen netten Abend hat.«

Johanna-Marie sieht den Türsteher aus schwarz umrandeten Augen an und öffnet ihren Erdbeermund zu einem gehauchten »Hei!«.

Der entgegnet humorlos: »Guten Abend, das sagen wir hier eigentlich. Hier bitte rechts zur Anmeldung.«

»Hm …«

Hinter dem Tresen steht ein junger Mann, vollständig angezogen, der aussieht, als habe er Betriebswirtschaft in Mannheim studiert.

»Guten Abend, mein Name ist Lars. Darf ich Ihre Personalien aufnehmen? Wir behandeln die natürlich strengstens vertraulich. Hier unsere Datenschutzrichtlinien.«

»Wie bitte?«

»Ihre Personalien. Haben Sie Ihren Ausweis dabei? Führerschein mit neuem Bild tut es auch.«

Stumm reicht Johanna-Marie ihren Personalausweis über den blitzblanken Tresen.

»Auf dem Bild kann man Sie kaum erkennen. Sind Sie doch nachher so nett und wischen Sie die Schminke an den Augen ab. Das gibt unschöne Flecken auf unserem Bettzeug!«

Betriebswirt-Lars notiert sich Nummern und Anschriften.

»Wie möchten Sie hier genannt werden? Sie können sich einen Namen aussuchen. Es ist uns allerdings recht, wenn er aus dem deutschen Kulturkreis stammt.«

»Gisela. Ich möchte Gisela heißen.«

»Sehr gut, Gisela. Ich werde das notieren und auf Ihren Schlüssel aufkleben.«

»Und jetzt?« Wieder bemüht sich Johanna-Marie um einen Tonfall, wie sie sich den einer Kokotte vorstellt.

BWL-Lars bleibt sachlich: »Sie haben einen Gesundheits-Checkup in letzter Zeit gemacht?«

»Ja. Und beim TÜV war ich auch. Aber ich dachte, ich sei hier zum ... naja ...«

Mella hatte irgendeine Karte in irgendeinen Schlitz gesteckt und war bereits verschwunden.

»Ja, sicher, wir wollen alle Spaß haben, aber wie viel mehr Spaß hat man, wenn alles ordentlich und sauber ist. Hier ist Ihre erotische Dessous-Erstausstattung. Sie dürfen wählen unter ›Lila Luder‹ oder ›Ich bin verdorben‹ in Schwarz, ›Ich bin unschuldig‹ in Blau ist in Ihrer Größe derzeit nicht vorrätig, und das Set ›Nimm mich jetzt!‹ in Rot vergeben wir nicht als Erstgarnitur. Darf ich 32,50 Euro Gebühr verlangen? Quittung?«

Das »Lila Luder« zahlt und wird in einen Sanitärbereich geführt, der sie stark an ein Krankenhaus erinnert. Dort erwartet sie ein blondes Mädchen.

»Ich bin die Ann-Mara. Wenn du bitte duschst und dann dein Erstkostüm anlegst. Welche Schuhgröße hast du? Wir stellen die Pumps gegen eine Leihgebühr von stündlich 1,43 Euro.«

»Könnte ich barfuß laufen?«

Ann-Mara zuckt zusammen. »Das geht nicht. Und wenn du dir bitte an der Bar als Erstes ein Glas Mineralwasser bestellst. Wir sehen es nicht so gerne, wenn Neuankömmlinge Alkohol trinken. Es soll ja alles bei klarem Bewusstsein geschehen, nicht wahr?«

»Und dann?«

Der »Solo-am-Sonntag«-Stammtisch steckt die Köpfe zusammen. Schorsch kann kaum was verstehen.

»Ich habe mich dann sehr nett mit einem Ehepaar aus Offenburg unterhalten. Kultivierte Leute. Wir haben eine Kleinigkeit gegessen, sie kennen sich gut aus in den Winzergenossenschaften rund um Durbach und haben mir Tipps gegeben, dann haben wir uns über die neuen Entwicklungen auf dem Computersektor unterhalten. Hans ist auch gegen die Apple Watch.«

»Ja, und der Sex? Der wilde, tabulose, schmutzige Sex?«

»Ach, der? Der muss gleichzeitig woanders stattgefunde habe. Man kann dort, aber muss dort nicht, versteht ihr? Und wir hatte eigentlich alle keine Lust und wollte mehr so unsere Ruhe. Bisschen abschalten. Genau genomme hab ich mich gefühlt wie daheim.«

Haste mal nen Euro?

Lore will ins Ein-Euro-Geschäft in der Karlstraße.

Die haben nämlich jene fröhlichen, bunten Schwämmchen, mit denen Lore ihre Wohnung zu säubern pflegt. Das enthüllt sie ihren Freundinnen, mit denen sie gerade beim »Solo-am-Sonntag«-Stammtisch zusammensitzt.

»Oder macht ihr etwa kein Frühjahrsputz? Jetzt, wo bald wieder die Sonn durch's Fenster zu scheine versucht.«

Während sie zwischendurch immer einen Happen vom bunten Wurstsalat mit dreifarbigen Paprika ohne Zwiebeln nascht, schwärmt sie: »Die Schwämmle gibt's nirgends so günstig wie da. Ich kauf immer gleich zwei. Woanders koschte sie zwei Euro oder sogar mehr. Ich spar da jedes Mal en Haufe Geld. Soll ich euch welche mitbringe?«

Sie soll nicht. Die Freundinnen möchten – unverständlicherweise – keine Vorratshaltung von farbigen Schwämmle betreiben.

Lore begibt sich also, nur mit einer kleinen Handtasche ausgerüstet, am darauffolgenden Samstagnachmittag um 11.07 Uhr ins Ein-Euro-Geschäft. Sie braucht keine größere Tasche. Die zwei Schwämmlepackungen kann sie schließlich gleich locker in der Hand zum Auto tragen.

Um 12.12 Uhr verlässt Lore das Ein-Euro-Geschäft.

Zum Auto kann sie sich fast nur kriechend begeben, sonst würden ihr all die Ein-Euro-Dinge aus der Hand fallen, unter den Armen wegrutschen oder von den Schultern gleiten.

Sie hat Folgendes gekauft: Eine Packung farbige Knöpfe für einen Euro. Damit kann man eine langweilige Bluse aufhübschen. Eine Packung mit 100 selbstklebenden Filzherzchen zum irgendwo Aufkleben. Zwei Packungen Hundeleckerlis für Paul und einen großen, täuschend echt aussehenden Knochen aus Haut. Milchdrops für Elkes Katze. Eine Kette mit rosa Steinchen für das Nachbarskind. Ein schwarzes Haarteil für Fasching nächstes Jahr. Zwei Plastikbehälter für Wurst und Käse. Einen Kalender. Briefumschläge. Einen bunten Zeitungsständer aus Plastik, der sogar fünf Euro gekostet hat. Zwei lilafarbene, große Schaumfüße für den Badezimmerboden. Einen glitzernden Ring in Goldoptik. Traubenzuckerbonbons. Haltbare kleine Marmorkuchen aus Italien. Crackers. Eine Gemüsebürste mit lustigem Gesicht und Meckischnitt. Drei kleine Plastikbadewannen fürs Bad als Aufbewahrung für Seife. Eine Handyhülle in Tigerfelloptik. Ein gelbliches Teelicht in Lampenform. Eine Geburtstagskarte mit der Aufschrift »Hallo 30« für ihre Nichte, die erst 28 ist, aber Vorratshaltung ist alles. Eine kleine Salatschüssel. Zwei Blumenübertöpfe mit aufgedrucktem Provencemotiv, sprich: mit Lavendel und Olivenzweig. Einen Ordner. Nagellackentferner. Eine Strohtasche. Eine Lesebrille der Sehstärke 2,5. Lore hat zwar erst 1,5 Dioptrien, doch auch das fällt unter den Oberbegriff »Man weiß ja nie«. Und zum Schluss noch einen kleinen blauweißen Leuchtturm aus Gips, den sie Nordlicht Gerda zum nächsten Geburtstag schenken könnte. Dem Seelöwen, der auf einer Bank vor dem Leuchtturm liegt, ist der Schwanz und der rechte Schnurrbart abgebrochen, deshalb bekommt sie das maritime Stillleben von dem russischstämmigen Verkäufer an der Kasse, der gleichzeitig in dem Laden fegt, auffüllt und kassiert, für drei anstatt für vier Euro.

Als es nachmittags klingelt, öffnet Lore die Tür. Sylvia macht einen Zufallsbesuch, samt neuer Handtasche am Arm.

Lore strahlt. »Schöne Tasche. Leder? Schau mal, Sylvia, was ich alles gekauft hab! Mer kann viel spare in dem Lade.«

Sie präsentiert ihre Schätze, die auf dem Esstisch liegen.

Sylvia mustert das Sammelsurium. »Ich seh hier aber nirgends Schwämmle. Hast du die vergesse?«

»Nee. Sie hatte kein Angebot da. Nur teurere für ein Euro fünfzig. Die nehm ich aber net. Die rechne in solche Läde damit, dass mer einfach zugreift, ohne nachzurechne, aber das mache die nicht mit mir.«

Mit zweierlei Maß

»Ich beneide dich!«, sagt Johanna-Marie zu Elke, als sie als Erste und Einzige etwas zu früh am Stammtisch sitzen.

Draußen ist es endlich etwas freundlicher, und manche der Solo-Mädels nehmen jetzt das Fahrrad, um den Wurstsalat hinterher wieder abzustrampeln.

Elke ist erstaunt. Normalerweise beneidet nämlich Johanna-Marie niemanden, da sie zu beschäftigt ist, sich über Torsten zu beklagen, um das Leben anderer wahrzunehmen.

So wie auch heute wieder: »Am letzte Samstag. Ich sag: ›Torsten, draußen scheint die Sonne! Komm, mir gehe in de Park.‹ Er sagt: ›Ich kann net. Ich muss grad am Handy noch das Farmhausspiel fertigmache. Ich muss noch zwölf Salatköpf ziehe, dann komm ich ins nächste Level und hab zwei Lebe gewonne.‹«

Also hakt Elke nach: »Mich beneide? Um mei Kinner? Ach, weißt du, Johanna, so toll ist des auch net mit de Kinner. Sie sind schon mal frech un mache eigentlich immer nur Sorge mit der Schul …«

»Um Himmels wille. Net um die Kinner!«

»Net?« Jetzt ist Elke erstaunt.

Wie alle Frauen mit Nachwuchs ist Elke felsenfest davon überzeugt, dass Kinderlose, wenn sie abends einsam in ihren aufgeräumten, schicken, seelenlosen Wohnzimmern vor ihren teuren Plasmafernsehern sitzen und sich in schicken Lounge-Hosen die Fußnägel feilen und lackieren, sie heimlich doch um ihre süße Last beneiden, die dafür sorgt, dass mütterliche Fußnägel praktisch geschnitten und farblos daherkommen.

»Um mein Mann?«

Manfred ist zwar eigentlich nichts, um das man eine Frau unbedingt beneiden müsste, aber wenn man halt nur so was wie

Torsten daheim hat, dann wird vielleicht sogar ein Manfred zum Objekt der Begierde.

Jetzt ist Johanna-Marie ehrlich erstaunt, um nicht zu sagen, entsetzt. »Um dein Mann? Oh Gott, nein.«

»Ja, um was dann?« Nun ist Elke leicht beleidigt.

»Um dei Katz.«

Elke erinnert sich. Ja, die Familie besteht tatsächlich noch aus einer Katze. Irgendeiner füttert sie, krank war sie bisher nicht, und da sie schwarz ist, verwechselt Elke sie gerne mal mit anderen schwarzen Katzen, die in der Nachbarschaft herumrennen.

Inzwischen hat sich die Stammtischrunde gefüllt, und es wird bestellt, gelacht, einander zugeprostet. Elke grübelt und kommt noch nicht darüber hinweg, dass man sie ausgerechnet um ihre Katze beneidet.

»Wieso denn des auf einmal? Die Katz?«

Johanna-Marie hat sich vorbereitet und es folgt ein Loblied auf alles, was miau macht: »In unserer durchstrukturierte digitale Welt sin Katze e archaisches Element. Sie mache, was sie wolle. Schlafe, döse, denke. Komme oder komme ebe net. Freiheitsliebend. Schlau. Sin net dankbar, nur stolz. Sie kümmern sich net um Uhrzeite oder um Benimmregle. Sie sin die Anarchiste im Tierreich. Und noch dazu sin se wunnerschön. Elegant, kapriziös und sie wisse, wie sie kriege, was sie wolle. Auch wenn sie vor dem Loch e Weile warte müsse.« Johanna-Marie räuspert sich. »Vor dem Mauseloch, mein ich.«

Alle vom »Solo-am-Sonntag«-Stammtisch lauschen jetzt gebannt.

Susanne, die bekanntlich den Mischlingsstruppi Paul aushält, guckt mürrisch in die Runde. Paul jagt Katzen, wo immer er sie sieht, weil er sie hasst und töten möchte. In einer Art Solidaritätsadresse hat sie Paul einst leise auf dem Sofa ins Schlappohr versichert, auch sie möge diese schlitzäugigen Viecher nicht, die über Gartenzäune springen können, fauchen anstatt bellen und immer gucken, als wüssten sie alles besser.

Elke richtet sich auf. Endlich hat sie was, worauf man stolz sein kann, ohne dass der nächste Elternabend die Illusionen wieder brutal zerstört. Ihr Katz!

Eine Weile vergeht in stillem Geklapper der Gabeln. Der Wurstsalat Sylter Art mit Fleischwurst, gekochtem Ei und Krabben schmeckt gar nicht mal schlecht.

Als ein Handy läutet, schauen alle reflexartig in ihre Handtaschen.

»Meins!« Johanna-Marie wirft einen Blick auf das Display. »Die! Was will denn die? Ich geh mal kurz raus, ja?«

Kehrt zurück. Schäumend vor Wut.

»Sorry, Leute«, sagt sie ganz heiser, »aber die Dany, also mei Kollegin, hat mich grad angrufe und sich schon mal vorsorglich bei mir als Schreibtischgegeüber für morge und Dienschtag abgemeldet. Attest folgt. Sie hat so furchtbare Schmerze, kann aber net genau sage, wo!«

»Ha!« Sylvia nickt vielsagend.

Johanna-Marie weiter: »Ja, des is e Unverschämtheit. Morge müsse mer die Rechnunge fürs Rathaus Durlach fertigmache.«

»Ha!«

»Ja, die macht grad, was sie will. E Anarchistin is des. Nur net zu viel schaffe, immer schön ausruhe, am Schreibtisch vor sich hin döse, ewig Mittagspaus mache, sich net an Uhrzeite und Benimmregle halte. Mache, was sie will. Natürlich, sie ist schön, ja, die Männer sage, sie is wunnerschön, wie die läuft, so elegant auf ihre hohe Schuh, e bissle kapriziös. Un ich sag euch, die hat's auf de Juniorchef abgesehe. Un sie macht des geschickt. Net hektisch. Die kann warte, bis die Beute kommt. Die lauert. Wie e verdammte Katz. Also, um so e Kollegin müsst ihr mich wirklich net beneide.«

Alle nicken. Eine Katze mit vier Beinen ist was Niedliches, aber eine, die am Schreibtisch gegenübersitzt, ist natürlich etwas ganz anderes!

Hotel

Wenn man in ein bestimmtes Alter kommt, ist Altersdemenz nichts Urkomisches mehr, über das man sich in amerikanischen Filmen amüsieren kann, wo Meryl Streeps immer noch ansehnlicher Großvater durch die USA reist und komische Dinge anstellt. Demenz findet hautnah in den eigenen Familien statt und ist nicht lustig, sondern riecht komisch und hat was mit verlorenen Schlüsseln, verschwundenen Hunderteuroscheinen und Anrufen nachts um halb drei zu tun. Seltsamerweise gewöhnt sich der offenbar seelisch flexible Mensch irgendwann an den neuen Menschen, der aus Papa und Mama entstanden ist.

So ergeht es auch Johanna-Marie und sie wartet beim sonntäglichen Stammtisch mit einer wenig angenehmen Geschichte auf. Zwischen zwei Bissen Wurst-Nudelsalat mit Gurke und Erbsen klagt sie wortreich ihr Leid …

»Ihr wisst ja, dass ich ein spätes Kind war. Und deshalb hab ich jetzt auch einen uralten Vater. Aber ich beklag mich nicht. Der Papa war ja wirklich lange fit und munter und hat sich bis bis vor einer Weile noch selbst versorgt.«

»Hat er nicht immer so viel Butter gekauft?«, fragt Elke.

»Ja, jeden Tag und deshalb hab ich ja auch angefangen, Kuche zu backe, und Torsten hat bestimmt zwei Kilo zugenomme. Mir sollte uns halt mehr bewege. Aber so lange er Butter und keine Goldbarren gekauft hat, war ja alles in Ordnung.«

»Wieso?«, fragt Lore begriffsstutzig.

»Ach, Lore. In letzter Zeit ist es schlechter geworden mit Papa. Er hat nicht mehr richtig gegesse und getrunke, wollt sich nicht mehr dusche, also musst er jetzt ins Pflegeheim.«

»Das ist traurig!« Ingrid seufzt.

Sie ist stolz, dass sie noch in ihr Abiballkleid mit rosa Rüschen und tiefem Ausschnitt passt, und hofft insgeheim, dass ihr ewige Jugend geschenkt ist.

»Papa hat nicht ins Heim gewollt. Schimpft immer, wir hätte ihn abgeschobe und wir wäre froh, wenn er tot wär. Mir würde schon sein Erbe vervespere, bevor er im Sarg liegt. Er wär ja einerseits von seiner Nachkommenschaft enttäuscht, hätt aber andererseits nicht viel anderes von solche Gierhälse wie uns erwartet.«

»Das ist nicht schön von ihm!«, mahnt Gerda streng. »Meine Frau Mutter hat sich bis zum Schluss wie eine Dame verhalten.«

Johanna seufzt. »Papa nicht. Irgendwann hat er sein Programm geändert und redet sich ein, er wär nicht in seinem Pflegeheim in Heidelberg, sondern in einem Vier-Sterne-Hotel in bester Altstadtlage.«

»Na, das ist ja harmlos«, meint Susanne und streichelt Paul. »Vielleicht trinkt er nicht genug. Sollte er aber. Es wird jetzt draußen wieder wärmer. Ihr wisst ja: badischer Sommer. Der kann glatt sieben Monate gehen.«

»Es ist ebe net harmlos. Gefühlte hundert Mal am Tag hat er in letzter Zeit angerufe und immer zuerst ausführlich beschriebe, wie schlecht es ihm geht, und wenn er dann irgendwann auf das Hotel zu spreche kam, hat er dann immer das Gleiche gesagt: ›Kind, ich bin einer Notlage. Ich sitz im Hotel, will ausziehen und kann die Rechnung nicht bezahle!‹«

»Und was hast du gesagt?« Elke winkt dem Kellner. »Noch eine Cola bitte.«

»Ich dann wie eine Platte: ›Papa, du bist nicht im Hotel. Du bist im Pflegeheim und die Krankekass bezahlt für dich!‹

»Na, das ist doch glaubhaft.« Lore nickt.

»Für dich vielleicht. Aber nicht für Papa. Er sagt dann immer: ›Was? Das glaub ich nicht. Ich bin im Hotel und kann mich net ausweise und net bezahle. Wenn ich jetzt geh, werde sie mich aufhalte.‹ So ging des immer und immer wieder!«

»Und du?«

Johanna seufzt: »Ich hab jedesmal gesagt: ›Du brauchst net zu bezahle, du bist im Pflegeheim.‹ So ging's viele Wochen. Torsten konnt es schon nicht mehr hören und hat immer die Tür zum Computerzimmer zugemacht.«

»Diese Männer!«, kommentiert Sylvia zufrieden und streichelt ihre neue Handtasche.

»Irgendwann war ich es leid, meinem Vater fernmündlich und bei meine Besuche zu erläutern, dass er im Pflegeheim St. Agnes ist. Wenn er in seinem eingebildete Hotel so glücklich ist, dann soll es so sein. Ich hab also aufgehört zu widerspreche.«

»Das war klug!«

»War es nicht! Papa hat also immer wieder nachgefragt: ›Ich bin also im Hotel?‹ Und ich hab immer wieder geantwortet: ›Ja, Papa.‹ Und auf die immer gleiche Frage: ›Und wer bezahlt das hier? All den Luxus?‹, hab ich jedesmal gesagt: ›Des bezahlt dei Pflegeversicherung!‹« Johanna-Marie seufzt wieder. »Un ich denk die ganze Zeit, wie schön, dass er des Pflegezimmer und die kahle Gäng als Luxus sehe kann, und bin froh drüber! Der Mensch macht sich halt seine Realität selbst.«

»Dann ist ja alles gut!«, sagt Elke, die immer froh ist, wenn eine Familiengeschichte gut ausgeht.

»Ja, bis vorgestern das Telefon geläutet hat und Papa dran war. Er fängt wieder mit demselben Thema an, fragt, ob er im Hotel ist. Ich bestätige ihn wie immer. Er will wisse, wer des alles bezahlt, und ich sag wieder, dass die Pflegeversicherung alle Koste übernimmt. Da ist er auf einmal bös geworde und hat gesagt, dass die Pflegeversicherung doch bestimmt net den ganze Luxus wie Teppiche, Spiegel und gutes Esse zahlt. Ich freu mich noch, dass er den farblose Mittagsteller im Heim als gutes Esse ansieht! ›Also‹, sag ich, ›dann zahl ich es eben‹, und sag ihm, er muss sich keine Sorge mache. Ich zahl immer und für alles. Er sagt noch, dass ich im Unterschied zu meinem Bruder e gutes Kind bin. Des hat mich gefreut.«

»Na, und dann?«, fragt Gerda ungeduldig und trommelt auf den Tisch.

»Und dann? Gestern flattert mir die Rechnung von einem Vier-Sterne-Hotel aus Heidelberg ins Haus! Eine Übernachtung mit Frühstück und Zimmerservice kostet dort 467 Euro! Und der ist seit Wochen in dem Hotel! Bei der Rechnung war noch ein Anschreiben der Direktion: ›Ihr Vater, ein lieber Gast, der leider von einer Altenpflegerin abgeholt wurde, sagte uns, dass Sie die Rechnungen stets übernehmen. Wir hoffen, Ihren werten Herrn Vater also noch öfters bei uns begrüßen zu dürfen.« Johanna-Marie rauft sich die Haare.

»Er war wirklich im Hotel!« Sylvia kichert. »In einem First-Class-Hotel? Und du bezahlst alles! Na, der hat dich schön ausgetrickst, der alte Eichelhäher!«

Eigentlich will ich nur …

»Also«, verkündet Sylvia, »wir haben was Neues in der Firma.«

»Was denn?«

Der »Solo-am-Sonntag«-Stammtisch ist heute ausnahmsweise fast vollzählig versammelt und bestellt den Wurstsalat des Tages.

Nur Johanna-Marie tanzt mit Schnupfen aus der Reihe und will eine Zwiebelsuppe. »Ist halt das wechselhafte Wetter! Mer denkt, es wird Frühling, und dann plötzlich macht der Mann vor der Wetterkart wieder so e ernstes Gesicht und ich weiß, ich kann den graue Pulli noch net wegräume. Noch lang net.«

»Ich finde das ganz normal!«, sagt Gerda. »Ihr Süddeutschen denkt immer, ohne Sonne geht es nicht. Aber man kann auch ganz urgemütlich zuhause sitzen, lesen und Tee trinken.«

»Das habe mir den ganze Winter gemacht. Jetzt wolle mir in die Biergärte und an de Baggersee.«

Der Rest der Mädels genießt den Wurstsalat Toskanische Art mit Salami, Olivenöl und Zucchini, und nebenher werden Veränderungen und Befindlichkeiten der Mädels registriert.

Elke erscheint heute mit neckischen roten Strähnchen, weil bald Elternabend ist und sich angesichts der steigenden Zahl alleinerziehender Väter das Hübschmachen wieder lohnt, und Blindfisch Lore hat endlich eine Brille, weil's jetzt auch nicht mehr drauf ankommt.

Ingrid ist erfüllt mit neuen Hoffnungen, weil der entsprungene und mittlerweile geschiedene Gatte Rolf kürzlich am Telefon nicht glücklich gewirkt hat, und Gerda trägt einen neuen maritimen Blazer, den sie aus Lübeck importiert hat. Susanne wiederum trägt sich mit neuen Ideen für einen Jahrhundertroman und Sylvia mit neuen Perspektiven, von denen sie den anderen vorschwärmt.

»Die Geschäftsleitung hat einen Ergotherapeuten für uns, also die Mitarbeiter, eingestellt. Der kommuniziert verbal und nonverbal mit uns, damit wir uns wohler fühle und authentischer denke. Am ›Moody Monday‹ etwa nimmt er sich für uns besonders viel Zeit …«

»Wann?«

»Am ›Moody Monday‹. Das ist der Tag, wo die Leute schlecht gelaunt in die Firma kommen. Der Grund: Neue Woche fängt an, dehnt sich schier endlos. Wochenende war nix. Wochenende war zu gut. Das liegengebliebene Zeug vom Freitag glotzt dir entgegen. Deshalb ist der Montag eben kein guter Tag, um arbeiten zu gehen.«

»Ja, aber das wär doch dienstags des Gleiche! Dann wär eben Dienstag der erste Tag«, wirft Elke unter ihrem roten Strähnchenpony hervor ein.

Sylvia sieht Elke kühl an. »Da kannst du nicht mitreden, Elke. Du arbeitest ja nicht. Dienstag ist ein Tag vor dem Bergfest, das geht schon eher. Mittwoch, verstehst du, ist Bergfest.«

»Ich arbeite sehr wohl. Ich erziehe die neue Mittelschicht. Und für Mütter gibt es kein Bergfest.«

»Ich habe deine neue Mittelschicht letzthin gesehen, wie sie abends spät mit ner Haarnadel und einem Metallplättle, das rein zufällig die Größe von einer EC-Karte hatte, am Zigarettenautomat herumgelungert ist.«

»Na, und? Kinder testen eben Grenzen.«

»Nee, die hat den Schlitz getestet. Ob sie was raushole kann.«

Gerda schlichtet. Sie sind immer so hitzig, die Leute hier unten. Im Noorden streitet man sich nur einmal und das hält dann bis zum Ende des Lebens.

»Wir wollen uns alle vertragen. Pastor Stüveking sagt: ›Der Mensch soll sich vertragen!‹«

»Oh, Gott. Und jetzt dein Ergotherapeut, Sylvia. Berichte!« Susanne bietet Paul heimlich unter dem Tisch ein Stückchen Salami an.

»Ja. Ein wunderbar sensibler Mensch. Ausgebildeter Therapeut. Der führt Gruppen- und Einzelgespräche. Gestern war ich zu einem sogenannten Biographiegespräch bei ihm. Er wollte alles von meinen Eltern und Geschwistern, diesen raffzähnigen Ratten, und meinen armen Großeltern wissen.«

»Des mache die doch nur, damit ihr noch mehr schuftet!«

Johanna-Marie schüttelt den Kopf. Neben ihr liegt ihr neues Handy, das ihr Torsten besorgt hat. Sie hat dauernd neue Handys. Nie beschäftigt sich Torsten nämlich so viel mit ihr, wie wenn sie ein frisches digitales Gerät hat. Schließlich muss so ein Gerät eingerichtet werden und das geschieht einträchtig nebeneinander auf dem Sofa mit der Bedienungsanleitung auf dem Tisch.

Sylvia erzählt mit leuchtenden Augen: »Jedenfalls ist das ein sehr angenehmer Mensch. Der lebt total bewusst und nicht wie ihr alle hier in die Waagrechte, sondern in die Tiefe.«

»He?«, fragt Lore. »Wie? Arbeitet der im Bergbau?«

»Lore! Also, der steht in einer Einheit mit dem Kosmos und dem warmen Erdkern und wandelt im Respekt für alle Kreatur umher. Er geht sogar Ameise im Wald aus'm Weg. Möglichst. Des funktioniert natürlich net immer. Aber mer kann es ja versuche. In seiner Freizeit spielt er Klavier, tritt in Yogazentre auf. Er hat edle, lange Hände und ein ganz sensibles Gesicht. Wie ein Rennpferd. Graue Haare, kurz geschnitten, intelligenter Mund, sehr warme braune Auge und ernährt sich gesund von alte Pflanze wie etwa Giersch. Er kann wunderbar zuhöre und kennt sich im Koran aus. Nee, Moment, es war der Buddhismus. Ich soll mein goldene Weg finden, sagt er. Des ist doch Buddhismus, oder? Er strahlt so viel Frieden aus, aber eben intelligenten Frieden. Er kann Gedichte von dieser Maria Rilke zitieren und er kann Melodien leise so summen, dass du das Gefühl hast, das Klassikradio spielt. Er trägt fair gehandelte Hose, aber die sind net so lumpig wie des Ökozeug sonst. Und er hat einen Gang, so ... federnd. Tiefe Stimme. Und *so* einfühlsam!«

Alle schweigen. Beeindruckt von diesem ätherischen Geistwesen.

Nur Sylvia seufzt. Dann klappt sie ihre Handtasche auf und zu. Seufzt noch mal.

»Ach, Kinder, vergesst den Quatsch mit der Rilke und den Ameisen. Der Typ hat en Arsch, mit dem könnt mer Nüsse knacke. Ich will einfach nur mal mit ihm ins Bett gehe. Und wenn er täglich tausend Ameisen in die Hölle schicke würd … Versteht ihr des?«

»Ja!«, sagen alle im Chor.

Nur Gerda schweigt. Über so etwas spricht man nicht im Nooorden.

Sie seufzt.

Leider.

Bei dieser Geschichte hat Schorsch aufmerksamer als sonst zugehört. Er beugt sich über den Tresen und wispert seinem Chef ins Ohr, der gerade zwei Bier zapft: »Also, Boss, die Handtaschenfrau gefällt mir ganz gut. Ich mein, ich hab schon ein paar Verabredungen gehabt, Sie wissen schon, und da musste ich immer Sachen machen …«

»Was denn für Sachen? Abartige Sachen? Du Glückspilz!«

»Ja. Abartig. Über Bücher sprechen. In Filme gehen, solche mit Untertiteln. Sogar ins Museum. Vorher ging nichts. Aber das Schlimmste war …«

»Ja, Schorsch?«

»Ich sollte über meine Gefühle sprechen. Und dann hab ich ihr gesagt, ich will mit ihr ins Bett, aber das war irgendwie anscheinend nicht das richtige Gefühl.«

Der Hundesitter

Lore möchte nicht mehr auf Susannes Hund Paul aufpassen, wenn Susanne beruflich verreisen muss. Die Gründe liegen im Dunkeln, haben aber irgendwie mit einem eiligen Tierarztbesuch zu tun, der nach der letzten Hütung erfolgt ist.

Susanne lässt die anderen am »Solo-am-Sonntag«-Stammtisch kurz hinter den Vorhang des Schweigens blicken, bevor Lore eintrifft.

Es gibt heute Römischen Wurstsalat, der genau wie der Toskanische aussieht, dessen Ingredienzien von der Vorwoche übriggeblieben sind und sich von diesem nur darin unterscheidet, dass er mit grünem Romana-Salat durchsetzt ist.

»Ich trag ihr nix nach, der Halbidiotin, aber jeder weiß, dass Hunde keine Schokolade esse solle!«

»Lore sagt aber, es war Hundeschokolade, was sie ihm gegebe hat.«

»Ebe net. Sie hat die Tafeln verwechselt. Sie hat Pauls ›Belloschoki‹ selbst gegesse und hat *ihm* ihre Milka-Schokolade gegebe, weil sie nämlich immer zu eitel ist, ihre Brille aufzuziehe, wenn sie zu mir kommt. Des hat sie sich angewöhnt, als sie mir damals mein Nachbarn, den nette SWR-Redakteur, weggeschnappt hat, der jetzt aber Hörfunk-Korrespondent in Oman ist. Der konnt sich dann aber vermutlich net weit genug wegversetze lasse ...« Susanne atmet tief durch. »Aber für sie war's halt schon schlimm. Jedenfalls hat Blindfisch Lore die Kuh auf der Milka-Packung für en Hund ghalte und gedacht, es ist Pauls ›Belloschoki‹.«

»Und jetzt?«

»Ich brauch en neuer Hundesitter.«

»Und wo findet mer den?«, fragt Ingrid, obwohl es sie gar nicht interessiert.

»Ich dacht, ich geb e Annonce auf. Liebevoller Hundesitter gesucht. Flexible Zeiten. Gute Bezahlung.«

»Dann mach das. Und viel Glück!«

Dass Glück eine zweischneidige Sache ist, sollte Susanne bald herausfinden.

Auf die Anzeige hin meldeten sich bald etliche Leute, schreckliche Leute, denen man deutlich ansah, dass sie Paul als Geldquelle und als nichts anderes ansahen. Sie fragten nicht mal nach Name, Rasse, Alter, Größe, Vorfahren und Blutgruppe.

Unter den Bewerbern waren Tätowierte, Arbeitslose, Migrationshintergründlinge, Leute, die bestimmt schon in der dritten Generation von Transferleistungen des Staates lebten.

Die meisten erschienen persönlich, oft zu spät und unschön gekleidet, und Paul würdigte sie deshalb keines Blickes.

Bis Herr von Dohnanyi kam. Er sah aus, wie sein Name klang. Groß, elegant, weißes, welliges Haar, das ihm auf den Kragen seines gestärkten Hemdkragens fiel.

Ein Gentleman. Und pünktlich dazu. Schon am Telefon hatte er sich höflichst nach Alter, Größe, Rasse des Tieres und nach der Wohnung sowie dem Beruf des Frauchens erkundigt.

Als er dann leibhaftig erschien, beugte er sich über Susannes Hand. »Gnädige Frau! Christian von Dohnanyi.«

»Schöner Name!«, sagte Susanne wie betäubt.

»Ja, ich schätze Namen, die erkennen lassen, dass ihr Träger ein Christ ist. Nicht mehr modern heutzutage, dieser Gedanke.«

Susanne dachte an die vielen türkischstämmigen Bewerberinnen um Pauls Betreuung und fand den altmodischen Gedanken sehr angenehm.

»Nehme Sie doch Platz. Aber ich hatt nett mit jemand wie …«

Herr von Dohnanyi lächelte vergebend. »Ich sehe nicht aus wie ein klassischer Hundesitter, nicht wahr?«

»Nun, net so richtig.«

»Ich bitte um Vergebung.« Er lächelte und deutete eine Verbeugung an.

Es war leicht, ihm zu vergeben. Was der Mann für blaue Augen hatte!

Ein melancholischer Zug strich um seinen Mund. »Meine Eltern hatten ein Rittergut bei Breslau. Und wir hielten immer Hunde. Große Hunde natürlich. Für die Jagd. Es hat mich eine Laune der Natur nach Süddeutschland verschlagen.« Nachdenklich betrachtete er seinen Siegelring mit Wappen. »Und mein Geschäft, es ist ein reges, so kann ich nicht ein eigenes Tier halten.«

Irgendwie rief die schöne Sprache von Herrn von Dohnanyi Erinnerungen an die Kindheit, schöne Erinnerungen, bei Susanne hervor.

Herr von Dohnanyi machte alles richtig. Er streichelte den skeptischen Paul an den richtigen Stellen, er hatte die richtigen Leckerli dabei. Dann verstaute er seine langen aristokratischen Glieder unter dem Sofatisch.

»Ich sitze auf der Chaiselongue und lese ein wenig in meinem historischen Buch. Dem Hund muss man Zeit geben. Gehen Sie ruhig mal eine halbe Stunde weg, dann sehen wir, wie es uns beiden miteinander ergeht. Nicht wahr, mein Guter!«

Alles ging gut. Als Susanne nach einer halben Stunde wiederkam, saßen Paul und Herr von Dohnanyi wie zwei Loriot-Figuren auf dem Sofa. Paul wirkte sehr zufrieden und sehr viel niveauvoller als zuvor.

»Des tut Paul gut, bisschen Bildung!«, teilt Susanne, kurz nachdem der Adelsmann seinen segensreichen Dienst bei ihr aufgenommen hat, dem ungläubigen Stammtisch mit. »Ein sehr feiner Mensch.«

Lore guckt total beleidigt. Gut, sie hat oft den Shopping-Kanal QVC oder Desperate Housewives mit Paul zusammen angeschaut, aber sie war immerhin für ihn da gewesen.

»Bildung wird überschätzt!«, mault sie und tritt dem untreuen Paul unter dem Tisch heimlich auf den Schwanz.

Die Sache entwickelte sich nunmehr prachtvoll. Herr von Dohnanyi und Paul verstanden sich jedenfalls auf allen Ebenen glänzend.

Oftmals kam Susanne nach Hause und Pauls Schnauze lag auf dem Nadelstreif von Herrn von Dohnanyi. Was für ein Glück. Wenn sie an all diese staatlichen Leistungsempfänger und alleinerziehenden Mütter mit den verschiedensten Lebensdramen dachte, die nur aus reiner Geldgier ihren Schatz betreut hätten!

Herr Christian von Dohnanyi gehörte hinfort zum Haushalt. Und Susanne dachte, dass es ein Fehler war, dass man den Adel 1918 so mir nichts, dir nichts abgeschafft hatte.

Doch dann …

»Es is alles weg!«, schreit Susanne beim nächsten Stammtisch und fällt aus dem Kultivierten direkt ins Badische zurück. »Ich muss mich heut Abend betrinke. Schorsch, zwei Weinle. Mei Fernseher, mei DVD-Spieler, mein iPad, mein iPod, mei zweites Handy, mei EC-Kart, die ich unter der Bibel versteckt hatt. Schmuck. Uhren und …«

»Und der Hund?«

»Der blöde Hund is noch da. Für den kriegt er wohl nirgends was. Liegt mit nem Kauknoche da und pennt. Die alte Frau im Stockwerk unnedrunner sagt, sie hat den Adeligen gesehen, wie er die Trepp mit meim Fernseher runner is. Sie hat ihn gefragt und er hat gestrahlt und sich verbeugt. Wir hätte uns verliebt, weil ich so schön wär, und wir würde zusammeziehe.«

»Und so was Unwahrscheinliches hat die geglaubt?«, fragt Sylvia.

»Ja. Und er hat gesagt, er würd sie vermisse, denn sie hätt heut wieder so e schönes Kleid an, das putze ganz ungemein, und da ist mer's wieder eingefalle, woher ich sei Sprach kenn. Von Bendix Grünlich aus dem Roman Buddebrooks. Jaja, der von Thomas Mann. Ja, der Mann von der Tochter, der Tony. So ein Blonder. Wie hieß der noch? Grünlich. Genau. All die

Worte: ›reges Geschäft‹. Und ›das putzt ganz ungemein‹. Hat der Grünlich in dem Film damals auch gesagt. Und Christian – der Träger des Namens ist ein Christ. Und der Grünlich aus de Buddenbrooks war bekanntlich auch en Verbrecher, der nur die Mitgift gebraucht hat. Ich hätt's wisse solle.«

»Gut. Siehst du. Belesenheit zahlt sich immer aus und gerade die Buddenbrooks …«, fängt Gerda an und knöpft ihren maritimen Blazer auf und zu. Sie fühlt sich jetzt richtig wohl.

Lore unterbricht. »Haha. Zu spät. Hättest du mich behalte, auch ohne Adelstitel.«

Susanne trinkt aus zwei Gläsern parallel.

»Lore, ich muss dich jetzt leider frage: Würdest du's wieder für mich mache?«

»Da muss ich erst in mein neuer Mietvertrag schaue!«, trotzt die sonst so gutartige Lore.

»Was?«

»Ja. Ich zieh um.«

»Was, du bist doch die Lore! Und du wohnst, wo du wohnst. Oder etwa nicht?«

»Ich werd mich mächtig verbessere. Ganz neue Perspektive. Ihr werdet staune!!«

Lores neue Wohnung

Ja, die Lore ist seit einiger Zeit unglücklich gewesen. In ihrem Wohnblock hat sich einfach zu viel verändert. Was früher Heimat war, sind jetzt nur noch ein Namensschild und vier Wände.

Rechts, wo die gute Frau Wurm gewohnt hat, mit der sie oft über die Geranienaufzucht auf der Fensterbank gesprochen hat, ist ein junges, tätowiertes Pärchen mit Kind eingezogen und die lärmen mit anderen jungen, tätowierten Pärchen auf dem Balkon herum und grillen jeden Abend. Lore fühlt sich alt; zumal sie keine einzige Tätowierung hat.

Sie klagt in der Mädelsrunde oft: »Ich hab halt nur mei Narbe vom Masernimpfen am Oberarm, aber die zählt net, weil se farblos is!«

Rechts, wo das kinderlose Ehepaar gelebt hat, steht die Wohnung geisterhaft leer.

Unter ihr gibt es anstatt dem spießigen Ehepaar Zeuge – »Die hatte ja so arg Migräne, die arme Frau!« – jetzt einen unfreundlichen iranischen Taxifahrer mit schwarzem Schnurrbart, der keine Migräne hat, sondern nachts zu unregelmäßigen Zeiten heimkommt.

Links unter ihr hatte ihre Freundin Christine, frisch geschieden, unglücklich und deshalb immer zu Haus, gewohnt. Das war so traulich gewesen. Man hatte Kräutertee zusammen getrunken und miteinander geschwatzt. Vorbei. Christine ist aus vollkommen unverständlichen Gründen nach Portugal gezogen, um dort zu arbeiten.

»Wie kann mer denn nach Portugal ziehe! In unserm Alter! Um Unnerhemde zu verkaufe!« Lore ist am Stammtisch außer sich.

»Was hast du denn gegen Portugal?«

»Eigentlich nix, aber des ist doch kei Land, wo mer extra hinzieht!«

Alle verdrehen die Augen und picken in ihrem Wurstsalat Tiroler Art mit Mais, der mit dickflüssigem Kürbiskernöl angemacht ist, was interessant schmeckt.

Lore ist wirklich das Gegenteil von einer Abenteurerin.

»Ich fühl mich plötzlich fremd. Ich wohn doch schon immer da, aber irgendwie weiß das keiner mehr. Keiner erinnert sich mehr dran, wie es damals war, als es unten bei Lustigs gebrannt hat und als sich Steuermanns haben scheiden lassen, weil Herr Steuermann sich in die kroatische Putzfrau von Hennings aus dem Nachbarhaus verliebt hat und ihr und ihren vier Kindern ein Haus bei Bretten gekauft hat. Sie sin übrigens widder ausenanner.«

Alle bedauern Lore ein bisschen.

»Ja, die Zeit bleibt net stehe!«, sagt Ingrid, die das sehr gut weiß.

Heute Morgen hat sie eine Falte oberhalb ihres Mundes entdeckt, so eine kleine, scharfe Kerbe, und Ingrid weiß: Diese Feindin bleibt, die geht nicht mehr weg.

Einmal hat Lore nach ihren Klagen dann gefehlt bei »Solo-am-Sonntag«-Stammtisch. Dann taucht sie auf wie Phönix aus der Asche. Strahlend. Trotz des erst beginnenden Sommers sogar schon leicht gebräunt. Irgendwie sieht sie erholt aus.

»Also, ich lad euch alle ein. Nächsten Samstag. Zum Kaffee.«

»Anlass?«, fragt Sylvia sachlich wie immer und blickt in ihren Terminkalender.

Lore macht eine kleine Pause. »Mei neue Wohnung.«

»Ihr Süddeutschen zieht ständig um. Wie die Sinti und Roma.«, mault Gerda. »Bei uns gibt es das nicht. Wir bleiben am Ort, wir zum Beispiel haben noch den alten, guten Pastor Stüveking gekannt.«

»Ist das der Vater vom jungen, guten Pastor Stüveking?«

»Nein, der Onkel. Alle Stüvekings sind Pastoren.«

»Aha. Naja, du bisch auch net in deim norddeutsche Kaff gebliebe!«

»Also bitte …«

»Lore, du hast e neue Wohnung. Jetz bin ich platt.« Susanne streichelt Pauls Kopf. »Isch der Paul da überhaupt willkomme?«

»Ja, als Gasthund schon, nur net ohne Leine am See. Wegen der Wassertiere.«

»Du bist an en See gezoge? Lore? Was ist los mit dir?«

Vor den fast jetzt ein bisschen neidischen Augen der anderen erscheint ein See, irgendwo im Schwarzwald oder den Vorbergen, unbekannt, welcher, man kennt eigentlich gar keinen, aber ein See ist ein See ist ein See. Mit kleinem Ufer und mit Strand und mit einem schicken Apartmenthaus und mit der Lore davor und da drin.

»Am Samstag um drei bitte ich zum Kaffee. Oder Tee. Lorenzstraße 12b in der Großgemeinde Rheinmünster.«

Alle reden durcheinander, schreiben die Adresse auf, prosten und toasten der Lore zu.

In Elkes Familienkleinbus fahren sie von einem gemeinsamen Treffpunkt aus los, wobei Ingrid wieder zu spät kommt, weil die neue grüne Wimperntusche erst antrocknen musste.

Gerda hat ihren maritimen Blazer schon zweimal an- und wieder ausgezogen, als Ingrid endlich erscheint.

»Entschuldigung, aber ich habe meine Strandtasche nicht gleich gefunden.«

Lüge.

Tatsächlich hat sie aber wirklich eine große Basttasche dabei, in Form einer lachenden Sonne, die mit den Augen zwinkert und die, wie alles in Ingrids Kleiderschrank, für eine Frau gemacht ist, die mindestens zehn Jahre jünger ist. Aus der Tasche lugen jahreszeitlich etwas verfrüht Sonnencreme und die Bändel eines Badeanzugs.

Die Clique hat beschlossen, Lore zum Einzug in das wo auch immer gelegene Strandhaus einen kleinen Strandkorb in lustigen Farben zu schenken.

»Das Navi ist kaputt. Jetzt müsse mer mit de eigene Auge finde, was mer sonst von der Frau mit der schöne Stimm vorgesagt kriegt.«

Das Kartenlesen hat man tatsächlich fast verlernt. Umständlich wird ein riesiges Blatt mit Baden und dem Elsass ausgebreitet, falsch zusammengelegt, wieder umgedreht, dabei reißt Nordbaden und der Bodenseeraum ein und Manfred wird schimpfen, weil er sowieso immer schimpft.

Rheinmünster wird auf der zerknautschten Karte ausgemacht. »Am Rhein. Ja, da sind ja mehrere Seen. Naja, richtig nobel ist es da nicht, aber man weiß ja nie. Vielleicht ein Privatsee.«

Gerda knöpft ihren Blazer wieder auf und enthüllt ein blauweiß gestreiftes Blüschen im Marinestil. »Ach, ich hab man nur so in den Schrank gelangt.«

»Lorenzstraße. Dahinte, Richtung B 36.«

Eine normale Wohnstraße. Solide und gediegen.

»Dahinte, es muss so en Block sein …«

Sie sind da. Fassungslos stehen die Mädels vor der Nummer Lorenzstraße 12b.

»Da muss sie sich geirrt habe. Guck noch mal auf den Zettel!«

»Eine Seniorenwohnanlage!« Sylvia schüttelt den Kopf, den sie extra wassertauglich frisiert und mit Haarspray helmartig fixiert hat.

Die Truppe betritt die Rezeption. An der Theke eine Mitarbeiterin, die auch die Tage bis zur Rente zählen kann.

»Ja, unsere Frau Schmälzel. In Nummer 231. Zweiter Stock, den Gang runter.«

»Lore Schmälzel?«

»Ja. Lore. Schmälzel.«

»Die Lore, unsere Lore, ist ins Altenheim gezoge!«

Ingrid lässt sich auf einen Stuhl in der Lobby fallen. Neben sich ein flaches Tischchen mit selbstgestrickten Eulen.

Wie betäubt entern die Freundinnen Lores Stockwerk. Hinten links auf dem Gang öffnet sich eine Tür, ein Kopf schiebt sich heraus, der aussieht wie der von Lore.

Es ist der von Lore.

Schon von weitem winkt sie den Mädels so fröhlich wie schon lange nicht mehr entgegen. »Bin grad erst heimgekomme. Mir habe unsere Morgenrunde im Wäldle gedreht.«

»Wer?«

»Die Samstag-Walking-Crew. Die Traudel Wissmer und die Helene Grabert aus dem dritte Stock. Zwei sehr nette Fraue!«

»Lore!«

»Alles wunderbar. Kommt rein. Zwei Zimmer. Balkon. Schön, gell. Paul, net in die Küch bitte. *Da* kannst dich hinlege. *Des* is dei Plätzle!«

»Lore, mir fehle die Worte!«, sagt Sylvia und holt Luft, um die fehlenden Worte zu suchen. »Du bisch ins Senioreheim gezoge?«

»Ja.«

»Du bisch doch erscht ...«

»Hier gibt's in dem Sinn kei Altersgrenz. Gut, mit zwanzig macht mer des vielleicht net, aber Fraue wie wir falle hier net weiter auf.«

Ingrid lässt die jugendliche Basttasche, mit der sie sich immer wie eine badische Carrie Bradshaw aus »Sex and the City« fühlt, sinken. Sie kann es nicht glauben. Eben war sie doch noch eine Discomaus unter anderen Discomäusen gewesen und jetzt verkehrt sie gesellschaftlich mit einer Seniorin.

»Du musst den Verstand verlore habe!«

»Wieso?«

»In so was zieht mer doch net!«

»Ich hab hier alles, was ich mir immer gewünscht hab: Bin net mehr so viel allein. Wenn ich krank bin, kommt e ganz nette Schwester und gibt mer was. Mir habe abends immer Vorträg, Konzerte, Filmabende und Kartespielrunde und alles. Es gibt Gymnastik im Haus un mir mache geführte Toure. Ich brauch kei Angst mehr vor Einbrecher zu habe. Ab acht is unne zu. Und auf Wunsch krieg ich mei Esse aufs Zimmer gebracht. So gut wie hier ist mer's noch nie im Lebe gegange.«

Johanna-Marie stöhnt.

Elke runzelt die Stirn und grübelt. Die Idee hier ist gar nicht so schlecht. Sie ist den ganzen Tag damit beschäftigt, für andere Leute Essen zuzubereiten, welches dann mit miesem Gesicht und schweigend gelöffelt wird.

»Sind hier auch evangelische Damen mit Niveau?«, will Gerda wissen.

»Ja, ohne Abitur kommt mer hier bestimmt net rein!«, giftet Susanne. »Oh Gott, Paul, dass du das erlebe musst!«

»Und der See? Wo ist der See?«, fragt Ingrid ganz schwach.

»Das ist unser kleiner Teich dahinten, mit dem Grün drumherum. Der Feierabendsee! So nenne wir ihn hier.« Lore lacht herzlich. »Wir könne da gleich mal hingehe. Es gibt nette Bänke. Aber den Paul bitte an die Leine. Damit er die Enten nicht jagt.«

Draußen an der Tür klingelt es.

Eine grauhaarige Dame mit jungem Gesicht fragt: »Lore, heut Abend wär Doppelkopf bei der Luise. Hast du Lust? Bring en Sektchen mit, ja?« Sie äugt in den Raum.

»Else, des sin mei Freundinne!«, sagte Lore und deutet auf den fassungslosen Schwarm hinter sich. »Gell, bei mir ist's nett geworde. Es fehle nur noch zwei, drei gemütliche Möbel und dann ist es wie im Paradies.«

»Schön hast du's, Lore! Ach, deine Freundinne? Wohne Sie auch hier? Nein, natürlich nicht. Hab Sie noch nicht hier gesehe. Wo lebe Sie, in welchem Stift?«

Lore flüstert der Frau was ins Ohr.

Die weicht zurück. »Sie alle wohne noch drauße? Oh je. Hat's noch nicht geklappt mit einem Platz bei uns? Sie Arme. Aber des wird schon noch.«

Ingrid fasst mit einem krampfenden Griff nach ihrer Basttasche. »Bestimmt. Auf zum See!«, sagt sie tapfer.

»Und auf in eine neue Zeit!«, murmelt Sylvia.

Das Altweibermöbel

Lore, liebenswert, manchmal ein bisschen naiv, möchte sich für ihre neue Wohnung in der Seniorenwohnanlage ein neues Möbelstück kaufen, und zwar eben nicht im seelenlos-modernen Riesenmöbelmarkt in Karlsruhe, wo ja jeder Möbel kaufen kann, sondern drüben in der gemütlichen, menschlichen Pfalz. Die noch dazu günstiger ist.

»Die Pfälzer habe e anneres Verständnis für Holz«, behauptet sie kühn am Stammtisch und lädt die immer noch unter Schock stehenden Mädels ein, mitzukommen.

Und da die Pfalz außer für Hölzernes auch noch für Lebenslust und gemütliche Winzerhöfe steht, erklären sich einige der »Solo-am-Sonntag«-Frauen bereit, in der nächsten Woche mit Lore über den Rhein in das Land von Wein, freundlichen Ureinwohnern, Kastanien, Mirabellen als Frucht und als Schnaps und niedrigen Preisen zu fahren.

Man reist mit der Familienkutsche von Elke, die dafür erst von Schokoriegel-Einwickelpapierchen, verstreutem Katzenfutter und einer lange verschollenen Packung Teewurst befreit werden musste, die unter dem Sitz einträchtig neben einem defekten Kugelschreiber lag, aus dem die Mine mit einer Feder aggressiv heraussprang.

Während sie in bester Stimmung und bei bestem Frühsommerwetter an Siemens vorbeifahren, erkundigt sich Sylvia: »Un, Lore, was willsch dir eigentlich kaufe?«

Alle rechnen insgeheim mit einem Schuhregal, denn Lore ist treu und bewahrt noch ihre ersten Tanzstundenschläpple auf.

»En Schaukelstuhl!«

»Was?«, kreischt Susanne. »E Altweibermöbel? Um Gottes wille. Lasst mich aussteige!!«

»Nein. E *gemütliches* Möbel. Ich will da drin sitze, schaukle und mei Gedanke spaziere führe. Vielleicht schaff ich mir noch e dazu farblich passende Katz an.«

»Das lehne ich ab!« Gerda strafft sich, bis die Nähte ihres maritimen Blazers krachen. »Ein Schaukelstuhl ist ein Möbel, welches die Disziplinlosigkeit fördert. Man vernachlässigt automatisch die Haltung in einem solchen Möbel. Von hier zu einem Buckel ist es nicht weit.«

Gerda hat ganz deutlich ihre Großmutter, Frau van der Heerden op dem Wies, vor Augen. Gemütlich hatte die alte Dame zum Rhythmus des heulenden nordischen Windes geschaukelt. Mit Buckel!

»Lore, du spinnst mal wieder. Rattanschaukelstühl sin total out. Heutzutage chillt mer uff ner Sofalandschaft mit passende Sitzkisse in Knautschoptik.« Sylvia schüttelt sich. »Kannst du dir so was Schickes wie mich vorstelle, mit em schöne Glas Champagner, mein pinkfarbene Loungeanzug und mei schicke Yogasöckle an, und dann in eme Schaukelstuhl?«

»Ich will net chille und net lounge. Ich will schaukle.«

»Kinner, die kei Liebe kriege, schaukle oft«, sagt Elke, die bewährte Familienmutter, besorgt. »Hospitalismus nennt mer des. Sogar kleine Äffle wiege sich hin und her und schlinge die haarige Ärmle um sich. Traurig.«

»Ich krieg mit un ohne Schaukelstuhl kei Liebe«, trotzt Lore.

Alle regen sich jetzt furchtbar auf. Das Auto wird bei Wörth selbst zum Schaukelstuhl, so erhitzen sich die Gemüter. Vor allem zwischen Susanne und Lore.

»Lore, du bist altmodisch un naiv. Du lebsch in der Vergangenheit. Wach auf. Mach was aus deim Lebe. Kauf dir e Abo für e Fitnessstudio oder fahr nach Israel zur Avocado-Ernte. Ich betret diesen Möbelladen nicht, wenn du in die Schaukelstuhlabteilung gehst.«

»Ich will aber schaukle. Ich hab e Recht drauf. Des beruhigt mich. Wie euer Meditation. Des is geradezu e buddhistisches Möbel.«

»Ha. Wie beruhigt willsch du denn noch sein? Des Lebe wart net. Die Uhr tickt jeden Tag. Erleb was, erleb was, erleb was. Hörsch des?«

»Nee, ich hör nur e Motoregeräusch von rechts vorne, das sich gar net gut anhört.«

»Wenn du dir ein Schaukelstuhl kaufst, kenn ich dich net mehr!« So Sylvia.

»Du machst unser jahrelange Freundschaft an eme Schaukelstuhl fescht?«

»Ja!«

»Ich bin mehr als en Schaukelstuhl!« Lore fängt an zu heulen; die Fahrbahn verschwimmt.

Susanne lenkt ein: »Lore, sei doch vernünftig. Mir sin net in de Südstaate drübe in Amerika, wo grauhaarige Neger, also Farbige, also, ihr wisst schon, Schwarze halt, auf ihrer Veranda sitze und schaukle. Da gehört des zum Volkscharakter wie Spätzle zu de Schwabe.«

»Des sin kei Neger. Des sind Mitbürger mit ... wie war das ... stärkerer Pigmentierung.«

»Elke, pass auf. Da vorne will en Mitbürger mit mittelstarker Pigmentierung, ich würd sage, es is en Türk, die Spur wechsle und guck mal, was der mit seinem mitbürgerliche Mittelfinger macht.«

»Ich kauf mir en Schaukelstuhl. Ihr müsst ja net drinsitze.«

Sylvia entschlossen: »Ich betrete den Laden nicht. Und ich helf dir auch net des Monstrum in die Wohnung trage und aufbaue. Den kannst allein aufbaue und des kannst ebe net. Nie sin Mitnahmemöbel an einem Stück.«

»Dann mach ich des selber. Ich arbeit mich ein.«

»Du kannst ja net emal dei Handy in Betrieb nehme! Kauf dir doch en gemütliche Sessel, von mir aus im Retrolook. Guck unser Gerda an, dann weißt du, wie der Look genau aussieht.«

Gerda regt sich auf: »Also bitte. Ich trage eben die Kleider aus meiner Berufslaufbahn auf!«

»Du hattest kei Laufbahn, Gerda, nur e Stell. Und die Nachfolgerin beantragt schon Altersteilzeit und du hast immer noch den Blazer an, in dem du dein Lehrlingsvertrag unnerschriebe hast. Kauf dir halt auch mal was.«

Lore sucht die Konfrontation. »Ich hab mir schon en Schaukelstuhl aus'm Prospekt rausgsucht. In Rattanoptik. Aber es ist nur die Optik. In Wahrheit ist er aus Plastik. Des is pflegeleichter. Wenn emal was draufkommt.«

»Auch noch Plastik!«, jaulen alle im Auto, es klingt wie ein Katzentransport.

»Elke, setz uns in Kandel raus. Mir fahre heim. Plastik! Sin mir in de alte DDR? Plaste und Elaste?«

»Du hast dich irgendwie verännert, Lore!«, stellt Sylvia fest. »E Freundin von mir kauft kei Möbel aus Plastik. Da krieg ich kreisförmige Ausschläg.«

»Mir egal. Ich kauf mein Schaukelstuhl.«

Im Auto herrscht verbitterte Stille. Mehrere Freundschaften stehen auf dem Spiel.

Der Bus mit verfeindeten und verstrittenen Frauen an Bord biegt auf den erstaunlich leeren Parkplatz vor dem Möbelmarkt ein.

Schimpfend, bruddelnd und einander giftige Blicke zuwerfend nähern sie sich dem Eingang.

Dort ein Schild: Heute Inventur. Möbelmarkt geschlossen.

»Alles für nix!«, sagt Sylvia. »Gehe mer was trinke!«

Grillen

»Sieht farbefroh aus, des Sommerblüsle!«, sagt Sylvia am Stammtisch kritisch. »Und sitzt auch so figurbetont!« Dann wirft sie einen Blick auf den heutigen Wurstsalat aus Feigen und Parmaschinken. »Hast du das etwa mit Torsten zusammen ausgesucht?«

Johanna-Marie würde gerne ja sagen, aber man lügt nicht am Mädels-Stammtisch.

»Nein. Allein. Torsten geht nie mit mir einkaufen. Außer in den Media Markt natürlich.«

Elke mütterlich: »Das ist nicht schön. Er sollt mit dir gemeinsam in die Stadt gehe.«

»Ja, Fehlkäufe schweiße zusamme!«, sagt Sylvia.

Johanna-Marie schweigt. Und beschließt, um einen Samstagnachmittag in der City zu kämpfen.

Endlich, nach zwei Wochen Wühlarbeit, hat sich Torsten bereit erklärt, mit ihr einkaufen zu gehen.

Vor der Umkleidekabine dreht sich Johanna-Marie vor dem Spiegel, Torsten starrt in sein Handy.

»Schau mal, würde mir dieses Kleid stehe? Es ist ja bald Urlaubszeit und da könne wir ja schön abends mal draußen sitzen ...«

»Hm.«

»Und, wie gefällt es dir?«

Torsten wirft einen kurzen Blick auf das Kleid und erneut einen sehr langen auf sein Handy. »Du, Moment mal, mir grille heut Abend beim Knöbel vom Club, des erste Mal dieses Jahr, Angrille sozusage, und er hat mir sein Handy gegebe, weil er heut e Besprechung hat und währenddessen net damit rummache dürft.«

Johanna-Maria traut ihren Ohren nicht. »Ach, und bei mir darf man mit dem Handy rummache! Und auch noch mit nem fremde Handy! Torsten, wir wollten doch hinterher noch schön essen gehen!«

»E anneres Mal. Du, mir grille jetzt gleich um vier, is ja abends noch net so lang warm, und ich muss des Grillgut kontrolliere.«

»Is die Freundin von dem Knöbel net daheim?«

»Doch, aber die macht die Salate. Für des Grillgut sin die Männer zuständig. Ich mag's medium, aber der Joe und der Fuchsi stehen auf durchgebraten. Nur die Freundin vom Knöbel will's englisch! Des is jetzt e echte Challenge für die App.«

»Was ist denn das überhaupt?«

»Also, des is e Grill-App.«

»Wie bitte?«

»Meinst du, mir habe Lust, stundelang am Grill rumzustehe und in dem Holzkohlequalm Lungekrebs zu kriege? Mir grille mit Holzpellets. Hier, mit der App könne mer des Grille von fern starte. Hier, guck, Start. Und dann ist die App noch verlinkt mit ner annere App, die de Regen vorhersagt ... hier, die Rain-App ... Wahrscheinlichkeit bei uns ... wart, wo sin mir, Kart herhole, Zoom, Rain: 12 Prozent.«

»Des hätt ich dir auch mit nem Blick zum Himmel sage könne.«

»Zum Himmel guckt heut keiner mehr. De Fuchsi hat Heuschnupfe, hier: Polle-App. Lindeblütepolleflug gering. Also steht dem Grille nix mehr im Weg.«

»Und wo steht der Grill jetzt eigentlich?«

»Na, beim Knöbel auf der Terrass in Malsch. Ich hab ihn noch net mal gesehe, aber er grillt jetz schon für mich. Guck. Der hat e WLAN-Antenne integriert und außerdem is da e Fleischthermometer angeschlosse, das die Daten liefert. Guck, des Bratwüschtle hat schon 60 Prozent von der Kerntemperatur erreicht. Gleich kommt der Alarm.«

»Aber du bist doch jetzt noch mit mir, hier, in der Stadt!«

»Des Würschtle is für den Sohn vom Knöbel. Der hat nachher e Fußballspiel und kann net mitesse. Der müsst jetzt schon esse.«

»Irrsinnig.«

»Ja, angeschlosse an den Grill is noch en Bierkühler, e Waschbecke, e Sideboard, en Wokbereich und e Zone mit nem Drehspieß.«

»Kann ich mitkomme?«

»Wie?«

»Ob ich mitkomme kann. Wenn mer schon nix esse gehe.«

Torsten schielt auf die App. »Tut mir leid, Johanna-Marie. Geht net. Für dich ist kein Grillgut programmiert. Und ich müsst jetzt gehe. Die Kerntemperatur vom Nackesteak geht schon gege 45 Prozent. Ich bin spätestens um zehn wieder daheim.«

Johanna-Marie isst später daheim ein Butterbrot und wartet auf Torsten.

Um halb elf kommt er. Mit dem Taxi.

»Führerschein weg«, murrt er bitter. »Die an die Grill-App angeschlossene App mit dem Blut-Alkohol-Rechner ist irgendwie net sauber gelaufe. Vorn in de Badener Straße habe se mich abgefange.«

Johanna-Marie beißt in ein weiteres Butterbrot, das sie ganz einfach nur mit den Händen geschmiert hat.

»Gibt's kei App, die e Kart von Karlsruhe und Umgebung zeigt, auf der die augeblickliche Positione von alle festangestellte Poliziste zu sehen sind? Wo sie stehe? Was sie mache? Ihre Vorliebe, auf welche Ausrede sie reagiere ...«

Sie hatte es eigentlich witzig gemeint, aber bei Apps kennt Torsten keinen Spaß.

»Gar kei schlechte Idee. Da muss ich mal gleich den Knöbel anmaile und drüber rede.«

Johanna-Marie seufzt und fragt sich, ob es auch eine Trennungs-App gibt.

Zurück in die Vergangenheit

Endlich hat Susanne einen Buchauftrag erwischt, in dem kein Hund vorkommt.

»Des ist ein Verlag, der sich auf nostalgische Erinnerungsbücher spezialisiert hat. Mit Bildern. Und jetzt soll mir jede von euch spontan ihr Erinnerunge an die 60er Jahre sage. Ich hab hier e Mikrophon und da schneid ich des mit. Über de Sommer kann ich des dann schreibe. Schorsch, was bedeutet das, chinesischer Wurstsalat? Ach, mit Glasnudeln. Na, ob das schmeckt? Aber erst mal e Weinle, ja?«

Die anderen sind neugierig und bestellen todesmutig den chinesischen Wurstsalat. Inzwischen sind sie ja sowieso einiges vom Wurstsalat-Paradies-Wirt gewohnt. Vielleicht wurde der Salat auch nur von einem Chinesen angerichtet.

Lore schüttelt den Kopf. »Des mach ich net mit. NSU. Wer weiß, was da draus gemacht wird.«

»NSA, Lore! Net NSU. Und es is nur für mein Buch. Brauchst keine Angst haben.«

»Mach ich net!«

»Lore!«

Lore schüttelt den Kopf und presst den Mund ganz fest zu, damit der US-Geheimdienst kein Wort von ihr hört.

Die anderen haben keine politischen Bedenken. Grübeln trotzdem nur kurz. Geben sich keine Mühe.

»Kann ich mich net mehr so erinnern.«

»Ich leb mehr in der Zukunft.«

Ingrid hebt die seit Neuestem gefärbten Augenbrauen. Es bringt nichts mehr, einzelne graue Härchen rauszuzupfen.

Gerda rümpft die Nase. »Meine liebe Frau Mutter hätte da gewiss mehr beitragen können. Allerdings spricht man bei uns im Norden nicht so gerne über Privates.«

»Die Sechziger. Ich glaub, das war ein langweiliges Jahrzehnt, oder? Erst am Ende war was los. Meinhof, Friederike.« Sylvia sieht sich um. »Und grauenhafte Handtaschen. Aus diesem glänzenden Plastik, das auch noch wie Plastik ausgesehe hat!«

»Ich hatt noch kei Kinner.« Elke seufzt. »Des Paradies! Und die hieß übrigens Ulrike, net Friederike.«

Susanne ist deprimiert, verdreht die Augen. »Des is zu wenig. Strengt euch doch mal an.«

»Oh, Susanne, das ist so lang her.«

Susanne stellt das Aufnahmegerät ab. »Mit euch kann mer nix anfange, als zeitgeschichtliche Autorin.«

»Isch's aus? Des Band?«, fragt die Lore argwöhnisch.

»Ja.« Susanne ist sauer.

Lore nimmt einen Schluck. »Die Sechziger? Des war e gemütliche Zeit. Mein Kusäng hat e Vespa gehabt. Oder war's en Kabineroller? Damit war er de King im Viertel. Die Mädels habe sich drum gerisse, wer hintedrauf sitze darf. Wisst ihr noch, wie mer Murmeln gespielt habe? Auf der Straß. In so Erdkuhle. Un Rollschuhlaufe gegange sin mit so schwere Rollschuh mit Eiseräder. Un Schlittefahre mitte in de Stadt, irgendwo an em Hügel. Un es gab viel mehr Kioske damals, an jeder Eck, und da habe die Jungs sich heimlich Sexheftle gekauft oder de *Lanzer*. Wisst ihr noch, die Kriegsheftle? Ich hab mir da Brausestäble und manchmal so gezeichnete Witzheftle geholt. Da ware die Fraue dumm und mit Schmollmünder und Riesebuse. Un bei de Parties gab's standardmäßig Nudelsalat und Toast Hawaii und Russische Eier. Und e Bowle hat dazugehört. Mit Schnaps und Dosefrücht natürlich. Der Starschnitt in de *Bravo* war toll. Roy Black. Elvis. Un jeder ist in die Tanzstund. Un die Mädels hatte Pferdeschwänz oder Affeschaukle mit Gummis mit so Bolle dran wie Kirsche. Und Petticoats unner de kurze, weite Röck. Hat mer da e Figürle ghabt! Kniestrümpf gab's erscht an Ostern und dann schwarze Lackschuh dazu. Un Gummitwist habe mer gespielt. Wenn mer niemand gefunde hat, habe es auch die Stuhlbein von der Oma getan. Radio hat die ganz Familie zusamme ghört. Kinner zu Besuch habe auf'm Klappbett geschlafe, manchmal im Wohnzimmer. Und Kerze hat mer in e Chianti-Korbflasch gesteckt. Die Bücherregale ware aus so em umwickelte Plastikdraht. Oft rot. So wie auch die Krimis, wo vorne drin die Name von de Mitwirkende gestande sin: Jack Nicholson: Schauspieler. Mary Clarke: eine Bardame. Wisst ihr noch? Und Karin Dor und Marie Versini in de Karl-May-Filme. Der Pierre Brice war de erste Franzos, den ich in mei'm Lebe gsehe hab. Rex Gildo war mei Sexsymbol. Un e Oma war noch e Frau mit Dutt und Blümchekleid, die in ihrm Lebe net weiter als bis Rastatt gekomme is. Für die Mess hat mer Messgeld gekriegt. Zwei Mark. Das hat gereicht. Alle Mädle hatte Nickitücher und wollte Stewardess werde. Es gab noch überall Baustelle in Karlsruh. Nach'm Krieg halt. Un Lebensmittelgschäftle, wo mer bedient wurd. Und die Mauer und Pakete, wo mer zu dene arme Kommuniste rübergeschickt hat. Un ich selber war sechzehnmal in ›Vom Winde verweht‹.«

Alle haben der Lore so aufmerksam wie selten zugehört. Und alle merken plötzlich, wie etwas Schönes und Gemütliches unwiderruflich vorbei ist.

Kundenkarten

Die erste Kundenkarte fand man noch irgendwie toll, weil man dachte, nicht jeder kriegt eine. Nur Leute, die auch Konten und Jobs und richtige deutsche Leben haben.

Inzwischen braucht der Käufer größere, teurere Geldbeutel, so längliche, die aussehen wie halbe Handtaschen, um sie alle zu verstauen: die Kundenkarten, auf Englisch auch Payback genannt. Sie breiten sich in unseren Geldbeuteln, Ledermäppchen, Reißverschlussfächern aus. Sie sind bunt, undeutlich spiegelt man sich in ihnen und manchmal, wenn man zerstreut ist, steckt man sie versehentlich in den Geldautomaten oder meint, es wär die Bahncard.

Und sie sind Betrüger, diese bunten Plastikrechtecke.

»E Kundekart von Douglas kost fünf Euro im Jahr. Und zum Geburtstag schenke sie dir en Gutschein für ebefalls fünf Euro. Fünf minus fünf macht null. Nur dass des einfache Gemüter net blicke.«

Susanne sieht auf eine betroffene »Solo-am-Sonntag«-Runde einfacher Gemüter um sich, die gerade an einem Wurstsalat Bretonische Art kauen. »Ein Vorgeschmack auf die bald beginnende Urlaubszeit«, hat der Wirt seine Kreation angepriesen. Jedes zehnte Stück Wurst ist gar keins, sondern eine Muschel. Es schmeckt mehr als eigenartig.

Vor allem die Elke, die als Mutter und Tierhalterin Stammgast in den Drogeriemärkten dieser Welt ist, hat eine breite, bunte Palette von Karten. Längst hat sie den Überblick über die Punktevergabe und all die Bonussysteme verloren, an denen sie teilhaben könnte.

»Mei Mutter hat noch Märkle geklebt. Des war übersichtlich!« Lore hat wieder die Reise in die Vergangenheit angetreten. »Ich hab ihr manchmal helfe dürfe. Da kriegt mer als

Kind e Gefühl für Geld. Und gibt's net so sinnlos aus wie die Sylvia.«

Sylvia zuckt zusammen und guckt bös. »Ich geb's net sinnlos aus. Ich brauch halt ab und zu was Neues, weil ich in der Firma repräsentiere muss.«

Jedoch, eine neue Kundenkarte braucht sie wirklich nicht. Das hat sie nun für sich so beschlossen: keine weitere Kundenkarte.

Mit dieser festen Absicht durchstreift Sylvia am kommenden Mittwoch in einer verlängerten Mittagspause die Geschäftswelt der Karlsruher Innenstadt.

Auf der Karlsruher Kaiserstraße entdeckt sie einen neuen Laden. Eine französische Firma. *Grains de Malice*. Sylvia weiß zwar nicht, was das heißt, aber sie weiß dafür umso genauer, dass sie diesen leicht ausgestellten Rock mit kleinen Karos in ungewöhnlichen Farben für den Sommer braucht. Und zwar sofort. Zu dem Rock passt allerdings nicht alles, da die Farben so ungewöhnlich sind. In dem Laden verkaufen sie deshalb auch zufällig die passenden T-Shirts zu dem bewussten Rock in den ungewöhnlichen Farben.

Heute wird sie sich den Rock kaufen und wird sich dann jede Woche eines von den passenden Shirts gönnen. Der Sommer wird wunderbar und vor allem ungewöhnlich werden.

»Sehr hübsch, der Rock an Ihnen!«, preist die Verkäuferin und lauert: »Möchten Sie noch eines von den passenden T-Shirts dazu?«

Sylvia lobt sich selbst für ihre Askese und verneint. Der Laden ist voll von Damen, als sie zur Kasse schreitet.

»Sie haben eine Kundenkarte von uns!«, setzt die Verkäuferin voraus.

Sylvia guckt in ihre Handtasche. »Nein!«, sagt sie gedämpft.

Normalerweise ist die Sache damit erledigt.

»Aber Sie haben sehr viele Vorteile mit dieser Karte.«

»Danke!«

»Gut, dann darf ich Ihnen die Karte also ausstellen? Hier, gleich gemacht. Nur rasch ausfüllen.« Die Verkäuferin weist auf den Vordruck mit vielen klein gedruckten Worten.

»Nein. Ich möchte keine Karte.«

Die Verkäuferin schiebt den Vordruck näher. »Nur, weil Sie ›danke‹ gesagt haben.«

»Ich hab danke, nein gemeint.«

Hinter Sylvia beginnt sich eine Schlange aus zwei Personen zu bilden.

»Sie möchten also unsere Kundenkarte nicht?«

»Nein.«

»Haben Sie einmal schlechte Erfahrungen mit unserer oder einer anderen Kundenkarte gemacht?«

Die Verkäuferin scheint offenbar eine Grundausbildung in Psychologie absolviert zu haben und freudianisch geprägt zu sein.

»Ich möcht meine Entscheidung, keine Kundenkarte zu wolle, bitte net begründe.« Jetzt wird Sylvias Ton unangenehm scharf und schrill.

Die Schlange besteht jetzt aus drei Frauen, die einander ratlos ansehen.

»Könnte Sie sich bitte etwas beeile. Ich muss zur Bahn«, mault eine Frau ohne Taille hinter Sylvia. In der Hand hält sie einen formlosen Hänger in Größe 46.

»An mir liegt's net!«, schnappt Sylvia. »Könnte Sie mir den Rock jetzt bitte fertig mache?«

Die Verkäuferin richtet sich auf. »Sie müssen nicht so unfreundlich sein. Ich hatte Sie doch nur ganz höflich gefragt, ob Sie unsere Kundenkarte wollen.«

»Das stimmt. Das kann ich bezeuge«, wirft die Taillenlose ungefragt ein. »Aber ich müsst jetzt wirklich zur Bahn. Kann ich vor? Ich brauch des Hängerle für e Hochzeit.«

»Ich hab das Teil schon gescannt. Das Teil von dieser … Kundin!«

»Wieso sage Sie des Wort ›Kundin‹ mit so einem Unterton?«, fragt Sylvia jetzt erbost. »Mer wird doch wohl noch mal e Kundenkart ablehne dürfe!«

»Darf mer!«, sagt eine stämmige Dunkelhaarige hinter der Taillenlosen drohend. »Aber bitte immer höflich, ja? Die Verkäuferin tut nur ihr Pflicht.«

»Die Hochzeit is in Linkeheim. Die Tochter von meiner Nichte. Stieftochter.«

»Es ist ebe keine Pflicht, die Leut wege einer Kundenkart zu belästige!« Sylvia merkt, wie ihr Herz rast.

»Ich habe Sie nicht belästigt. Ich wollte Ihnen gerade sagen, dass Sie gleich beim ersten Einkauf zehn Euro Rabatt auf diesen Rock bekommen würden.«

Sylvia hält inne. Zehn Euro. Zehn Euro Rabatt. Das ist gut. Das ist sogar sehr gut. Der Rock würde dann nicht 39 Euro kosten, sondern 29, und alles, was mit einer Zwei vorne anfing, war in Sylvias ewiger Modewelt ein Schnäppchen.

»Also gut. Ich nehm se. Die Kundenkart.«

»Danke«, sagt die Verkäuferin.

»Danke, was?«

»Danke, nein. Sie bekommen von mir keine Kundenkarte.« Rebellion blitzt in ihren Augen.

»Und warum net? Ich möcht Ihrn Chef spreche. Ich möcht sofort e Kundenkart habe.« Sylvia merkt, wie ihr Herz noch mehr rast.

»Sie kriegen keine! Ich darf das selbst entscheiden. Nach meinem Bonitätseindruck.«

»Ich hab jede Menge Bonität. Und ich will e Kart. E Kundenkart!«

»Nein.«

»Dann bleib ich so lang hier stehe, bis ich eine hab.«

Die Taillenlose jammert: »Ich muss zur Bahn. Die Tochter von meiner Nichte kriegt nämlich e Kind!«

»So lange wird des noch warte könne! Sie ist ja noch net emal verheiratet«, sagt Sylvia hartherzig.

»Habe Sie überhaupt Kinner?«, fragt die dunkle Stämmige.

»Nein.«

»Typisch! Des sin die Leut, dene mir die Rente bezahle. Und dann noch mit Kundekarte spare wolle, wo's geht!«

Inzwischen sind fünf Frauen in der Schlange. Soziale Gräben tun sich auf.

Sylvia beschließt, dass sie auch ohne den Rock in ungewöhnlichen Farben leben kann.

Mei geträumte Kinner

Der »Solo-am-Sonntag«-Stammtisch ist fast vollzählig. Nur die Elke fehlt noch.

Schorsch hat die Bestellungen aufgenommen. Draußen ist es schon richtig schön warm. Manche Gäste kleben dicht nebeneinander auf Stühlen an der Wand vor dem Lokal, das der Wirt hochstaplerisch Biergarten nennt. Die Mädels sitzen drin, am runden Stammtisch.

»Schorsch, ich nemm gleich noch e Weinle!«

Susanne setzt sich. »Was gibt's heut? Aha, Thüringer Wurstsalat aus kalte Thüringer Bratwürst, in Scheibe geschnitte und mit einer Marinade aus Bautzener Senf. Des könnt schmecke!«

Schorsch bringt den Wein.

»Schön, so en Stammtisch. Paul, setz dich. So is en feiner Hund. Also, *ich* hätt ja gern Kinner gehabt«, doziert sie. »Aber ich hatt zu viel Verantwortungsgefühl, um irgendeinen Mann nur wege der Kinner zu nehme, so wie manche in unserm Kreis.«

Alle wissen, Elke ist gemeint, die immer schimpft, weil ihr Mann Manfred »nix hilft«.

Susanne geht raus und raucht eine.

Dann bestellt sie sich noch en Wein.

»Also, die Schwangerschaft hätt mir persönlich gar nix ausgemacht, denn ich bin fit un hab Eins-A-Bindegewebe. Zellulitis is für mich e Fremdwort. Un in der Schwangerschaftsgymnastik wär ich regelmäßig gewese und höchstwahrscheinlich positiv durch mei Gelenkigkeit aufgefalle. Ich hab ja immer gern geturnt. Und die Geburt, die hätt ich locker erledigt, denn das is ja was ganz Natürliches. Ich hab ein sehr breites Becken, auch wenn mer des von auße net sieht. Und des Theater, das da manche Fraue mache, mit dene Depressione und dass sie nix anneres mehr mache un schwätze könne als über den Säugling, des hätt's bei mir net gegebe. Immer diszipliniert und ruhig, des überträgt sich aufs Kind. Des schläft durch. Später geb ich's in e gute, pädagogisch wertvolle Kripp, damit ich arbeite kann und net verblöd wie gewisse Fraue, die jetz noch net da sin. Von der Kripp in de Kinnergarte und dort gleich mal zwei Sprache gelernt. Bis vier Jahr lerne die Kinner des automatisch. Chinesisch und Englisch schwebt mer vor. Ich mach kei Aufhebens in der Grundschul. Die Klei marschiert grad so durch. Im Gymnasium helf ich ihr, wenn sie fragt, sonscht reicht der Unterricht bei de ›fast kids‹. Ach, das wisst ihr net? Des sin hochbegabte Kinner von entsprechende Mütter, die mehr wolle als annere. Die lerne programmiere und komponiere so nebeher.« Nimmt einen Schluck. »Sportlich is mei Kleine natürlich auch. Aber sie soll selbst entscheide. Hat alle Freiheite: Tennis oder Ski-Abfahrt. Des sin nur Hobbies, dass mir uns da richtig verstehe. Studiere tut die Kathrin-Amelia allerdings Medizin. Oder Jura. Is immer noch des Beste. Und sie und ihr Mann könne die Praxis oder die Kanzlei dann gemeinsam führe. Und wenn dann die Kinner, also mei Enkele, komme, bin ich die beste Freundin von meiner Tochter. Ich bin immer für se da. Des is en ewiger Bund zwische uns zwei.«

Lores Handy läutet. Sie steht auf und geht raus. Kommt zurück.

»Die Elke kann net komme. Ihr Joanna is krank, Sommergrippe, und sie will se net allein lasse.«

»Unglaublich!«, sagt Susanne kopfschüttelnd. »Diese Einschränkunge im Freizeitbereich. Bin ich froh, dass ich kei Kinner hab! Schorsch, ich nemm noch e Weinle.«

Nachbarn

Nein, die Elke ist nicht wirklich spießig. Gut, ihr Mann Manfred vielleicht ein bisschen. Ihre Schwiegermutter Lilo noch ein bisschen mehr, aber insgesamt geht es tolerant in der Straße zu.

Unter den Nachbarn gibt es Geschiedene, Alleinerziehende und Schwule. Alles kein Problem.

Trotzdem ... Wenn eines der kleinen Häuschen frei wird, weil sie so eng aneinandergebaut sind, keimen bei den jeweiligen Anrainern bürgerliche Hoffnungen, es möge sich um ein ruhiges, sympathisches Ehepaar ohne Hund und Katze oder sexuelle Andersorientierungen handeln.

Elke kann diese Wünsche beim »Solo-am-Sonntag«-Stammtisch, wo heute der Wurstsalat hawaiianische Art mit Schinken und Ananas auf dem Tisch steht, sogar rational begründen.

»Ruhig, weil unser eigene Kinner schon groß sin. Die brauche also kei Spielgefährte mehr. Jetzt ist Sommer. Stellt euch vor, was kleine Kinner im Garte auf so einem neumodische Trampolin anstelle würde. Kein Hund, weil er unser Katz scheucht, und kei Katz, weil se sich vielleicht net mit unserm Mohrle verträgt. E Ehepaar, weil se dann net so schnell auseinannergehe. Wege de Scheidungskoste. Deutsche, naja, weil mer dann ähnliche Vorstellunge vom Lebe hat. Was Grille und Gartenpflege und so weiter angeht.«

Elkes Wünsche waren eigentlich so lapidar im Familien- und Freundeskreis dahingesagt worden, als handele es sich nur um kleine Nebensächlichkeiten. In Wahrheit war die Angelegenheit für sie aber viel wichtiger. Sie war schließlich den ganzen Tag zu Hause. Nachbarn waren ihr täglich Brot.

So hatte sie sich ein Buch gekauft: »Botschaften an meinen Engel.« Darin war eine Art Phiole eingeschweißt, in die man seine Botschaft ans Universum und die dort ansässigen Engel stecken konnte und dann in den nächsten Fluss werfen sollte. Elke war eigens dafür nach Rheinstetten an den Rhein gefahren, weil ihr die flache Karlsruher Alb für ihren Wunsch ans Universum zu mickrig schien.

»Engel, schick mir deutsche, kinderlose, tierlose Nachbarn! Vielleicht nicht schwul, wenn's geht. Letzteres keine Bedingung.«

Wer auch immer sich über Engel lustig macht und über die Botschaften, die man ihnen schickt, sollte vielleicht mal das kultivierte nette Ehepaar sehen, das mit einem kleinen, schönen Möbelwagen jetzt gerade in den Blumenweg einzieht.

Um die sechzig, intelligente Züge, eindeutig deutsch, Kinder keine zu sehen, Enkel auch nicht, ruhig, ruhig, ruhig. Elke späht. Kein Hund, keine Katze, denn diese Wesen würden ja sonst mit entsprechenden Körben hineingetragen werden.

Einfach perfekt.

»Des mit dene Engelbotschafte, das könnt ihr euch mal merke. Mei Traumnachbarn sind vom Himmel gefalle!«, verkündet Elke überglücklich am Stammtisch.

Alle freuen sich für die Elke. Wenn ihr das so wichtig ist, schön für sie.

In der darauffolgenden Woche entwickelt sich nicht alles genau so wie erhofft. Dabei fängt es so gut an! Man beschließt nämlich im oberen Bereich der Blumenstraße, die neuen Mitbewohner zum Kaffee einzuladen.

Ein gutes Gefühl breitet sich zwischen Elke, Iris, der Tochter von Frau Wenzle, die alleinstehend ins elterliche Haus eingezogen ist, der Lilo sowie dem putz- und kehrfreudigen Ehepaar namens Stieglitz gegenüber aus.

»Mir habe halt e warme Willkommenskultur in unserer Straß!«

Lilo, Elkes Schwiegermutter, checkt die Lage scharfäugig und beobachtet die neuen Nachbarn, wie sie ordentlich verpackte Müllbeutel korrekt in die richtigen Eimer werfen. Grünes in die Grüne Tonne. »Da guckt kei Banan aus der Restmülltonn. Sehr gut!« Und dann resolut: »Die sin mei Generation. Die ghöre mir.«

Elke grausam: »Die sin jünger als du. Gehöre zu mir. Altersmäßig gesehe.«

Lilo begibt sich trotzdem zu den neuen Nachbarn, klingelt.

Elke beobachtet das Geschehen kopfschüttelnd ums Eck rum. »Sie horcht einfach nicht. Altersstarrsinn.«

Nach zwei Minuten kehrt Lilo zurück. Auf ihrem Gesicht eine Mischung zwischen Schadenfreude und Besorgnis. »Die Frau bedankt sich, aber sie meint, es lohnt sich net. Sie habe das Haus nur eingerichtet, sozusage als Statthalter für ihrn Neffe.«

»Hm.« Elke wartet.

»Die ziehe übermorge ein, sowie ihre restliche Sache vom Zoll freigegebe sin. Die sin da streng, in dem Land.«

»Was für e Land?«

Lilo lächelt fein. »Ich würd dir jedenfalls empfehle, noch e paar Botschafte ins Universum zu sende. Möglichst mit Rückschein!«

Am übernächsten Tag ziehen sie ein. Der Neffe groß und bärtig, die Frau des Neffen mit Kopftuch, eindeutig eine Araberin. Drei schwarzlockige Kinder wie die Orgelpfeifen. Einer von den Buben trägt einen Fußball. Aus dem Auto werden je eine große bellende Box und ein kleinerer miauender Korb getragen.

Elke lehnt sich an den Rahmen ihrer Wohnungstür. Entkräftet. Sieht grad noch, wie der Bärtige eine Bananenschale in die Papiertonne wirft.

»Lad du sie zum Kaffee ein!«, sagt sie schwach zu Lilo, ihrer Schwiegermutter.

»Nein. Sind deine!«, strahlt die. »Altersmäßig gesehe!«

Biographiegespräch

Etwas ganz Trauriges ist geschehen. Johanna-Maries Oma ist ins Pflegeheim gekommen.

Lange hat sich die zähe alte Krähe gewehrt, ihre Wohnung zu verlassen, doch nachdem sie die Zeitung morgens mit Marmelade bestreichen und aufessen wollte und die Butter wiederum mit der Hautcreme verwechselt hatte, wurde es allmählich Zeit.

Sie hatte einfach ranzig gerochen.

Da der seit Ewigkeiten verstorbene Gatte der Oma, die den schönen altmodischen Namen Gerhild trägt, Beamter war und gar nicht mal schlecht verdient hat, kann Enkelin Johanna-Marie sie in ein schönes Pflegeheim »stecken«. Dort bekommt sie ein großes Zimmer mit eigenen Möbeln und mit jeder Menge Schwestern, die sie nach Herzenslust herumscheuchen kann.

Einmal am Tag gibt es sogar so was Schickes wie Ergotherapie. Doch bevor die Ergotherapeutin, eine Schwäbin aus Ludwigsburg, richtig loslegen kann, muss ein sogenanntes Biographiegespräch mit der Oma geführt werden. Damit sie sie besser ergotherapieren kann.

Sie bittet Johanne-Marie, daran teilzunehmen. »Falls die alte Dame sich net an elles erinnere kann.«

Johanna-Marie zerfließt in Wohltätigkeit und während sie beim nächsten Sonntags-Stammtisch in trauter Runde den Wurstsalat Alte Art mit wenig Wurst und viel Kartoffeln sowie Bohnen verspeist, gibt sie damit an: »Das mach ich total gern. Wir hatte so eine liebe Oma und so en harmonisches Familienleben. Des war noch e richtige Idylle. Die Oma war e kluge Frau. Sie hat so viel gewusst, zu andere Zeite hätt die bestimmt studiert und wär Ärztin geworde. Die Familie war einfach, aber strebsam. Alles gute Leut. Ich kann schon stolz sein auf mei Verwandtschaft. Nächsten Mittwoch geh ich hin …«

Am vereinbarten Tag erscheint Johanna-Marie im Heim, ein Sträußchen Blumen in der Hand und ein süßes Marienlächeln auf dem Gesicht.

Die Ergotherapeutin erscheint etwas verspätet, nimmt sich einen Stuhl neben Johanna-Marie, ergreift die Hand der Oma und fragt sanft: »Frau Meissner, erinnern Sie sich noch an Ihre Großeltern?«

»Nee.« Die Oma zieht die Hand weg.

»Und warum nicht?«

Die Oma sticht mit dem Finger nach der Johanna-Marie. »Besser net. Bagage. Mein Großvater hat sich verdünnisiert, als mei Mutter unnerwegs war, der Lump. Getaugt hat er sowieso nix. Der annere war en ganz Stiller. Ich glaub, der war net ganz richtig im Kopf. Des lief da so durch in der Linie. Des un de Alkohol.« Scharfer Blick zu Johanna-Marie, die auch gern mal ein Weinchen trinkt und jetzt errötet.

»Nun, manches ist in der kindlichen Erinnerung sicher anders …« Die Ergotherapeutin lacht gekünstelt.

»Gar net. Mei Mutter hat in ere Mangelstub geholfe, viel mehr konnt se net, und da hat sie mein Vadder kenneglernt. Sie hat sei Unnerhose gemangelt, da wusst se gleich, was uff se zukommt. Aber er war en Hallodri oder was glaube Sie, warum ich zwei Halbschwestern hab. Ob die beide Schlampe wohl noch lebe?«

Johanna-Marie erstarrt. »Omimi?«

Die Ergotherapeutin, Frau Häfele-Stolz, lenkt ab. »Aber an Ihre Schulzeit habe Sie bestimmt schöne Erinnerunge!«

Die Oma lacht lauthals auf. »Schulzeit? Die war zu kurz zum Erinnern. Ich hatt e bissle Volksschul, aber ich war arg schwach im Lerne. Und da habe sie mich aufs Land geschickt, zum Kartoffelausmache. Des konnt ich grad so. Für alles annere war ich zu blöd.« Lacht wieder und hustet.

Johanna-Marie checkt ihr Handy, die Ergotherapeutin räuspert sich nervös.

Oma fasst zusammen: »Also, mit uns allen war net viel los. Un dann bin ich abends auf de Tanzbode gegange … Ich hab ja alles geglaubt, was mer die Leut erzählt habe, und dann hat der Kurt mir schöne Auge gemacht und ich hab gesagt, also gut, einmal muss es ja doch sein mit der körperliche Liebe, und ich hatt danach noch Glück, der hat mich dann nämlich geheirat, als ihr'n …«, wieder Blick zu Johanna-Marie, die rot anläuft, »Vadder unnerwegs war.«

Die Ergotherapeutin freut sich: »Also eine echte Liebesheirat?«

»Nee. Nix Liebe. Aber er war Beamter. Von Liebe war kei Red. Mit habe ewig nur gehändelt. In der heutige Zeit wär'n mer glei zweimal gschiede gewese.« Sie beugt sich vor. »Aber mal ehrlich, Frollein, wer lässt sich von eme badische Beamte scheide. Ich sag nur: die Beihilf.«

Die Ergotherapeutin schweigt.

Die alte Krähe sieht um sich. »Also, des war alles nix Gscheits. Aber ich bin jetz in eme gute Heim, gell? Und wer bist du da?« Deutet auf Johanna-Marie.

»Ich bin deine Enkelin. Die Johanna-Marie!«

»Ich dacht, du wohnst auch hier. Falte genug haste ja dafür.«

»Oma!«

»Do« ist kei Richtung

»Nächste Woche trete ich übrigens vor Gericht auf!« Susanne sieht vielsagend in die Runde. »Nein, danke, Schorsch. Heut kein Wurstsalat. Irgendwie ist mir nicht nach gerösteter Blutwurst mit Apfelstückchen in Kartoffelmarinade.

»Du? Vor Gericht?« Lores Nase zuckt vor Sensationslust. »Als was trittst du da auf? Als Autorin?«

»Nein. Als Zeugin. Als wichtige Zeugin.«

»Ach so.« Lores Nase beruhigt sich wieder. »Und warum?«

»Wegen einem Hund. Bin mal gespannt, wie das ist. So in einem Gerichtssaal, mit all den Richtern und Zeugen und dem Publikum …«

Susanne, eine Nachbarin namens Frau Flick, noch eine weitere Nachbarin namens Frau Schneider und ein Nachbar, den alle nur als »de schöne Ricky aus'm Baumweg« kennen – also insgesamt vier Personen – sitzen in einem Auto mit dem Ziel Karlsruher Innenstadt. Es wird schon schwül im badischen Sommer, der jetzt seinem vorläufigen Höhepunkt zustrebt. Alle Fenster müssen geöffnet werden. Man fächert sich Luft mit einem Papier zu. Jeder von ihnen trägt dieses identische Papier mit sich: die Vorladung.

Ja, sie sind alle vorgeladen zum Amtsgericht in der Lammstraße.

Der Grund für diese behördliche Maßnahme heißt Wurschtel. Das heißt, er hieß Wurschtel, denn Wurschtel, ein abstoßend hässlicher Mischlingshund, ist nicht mehr hienieden. Er ist vor einem Jahr überfahren worden und starb zwei Wochen nach dem Überfahren an den Folgen der Aufregung.

In diesen zwei Wochen hat er aber noch massenweise Tierarztkosten verursacht und die will sein Besitzer, den Susanne nur als »Heinz, das Arschloch« kennt, jetzt von der Autofahrerin, allgemein »die Mörderin« genannt, wiederhaben.

»Des is alles so lang her!«, schimpft Susanne. »Un ich hab absolut nichts gesehe. Nur gehört. Und ich hätt heut Mittag was zu tun.«

»Du warst aber in de Näh, Susanne!«, warnt Frau Schneider. »Meineid ist strafbar.«

»Wo warst denn du, Frau Schneider?«, fragt Frau Flick.

»Ich stand erst hinte irgendwo und dann war ich später *do* un dann hab ich ghört, wie der Idiot, also der Heinz, geschrie hat: ›Halte Sie doch an, Sie fahre mein Hund dot!‹«

»Wo genau?«, fragt der Ricky aus dem Baumweg. »Wo genau sind Sie gestanden und wohin sind Sie gegangen?«

»Do!«, sagt Frau Schneider unbeirrt.

»›Do‹ ist kei Richtung. Net mal im Badische!« Frau Flick.

Die Gruppe schweigt verstockt. Früher ist Heinz mit Frau Schneider und beider Hunde morgens spazieren gelaufen, vor Monaten schon hat man sich so bitter zerstritten, wie sich nur Hundebesitzer verstreiten können, und jetzt muss sie wegen dem Idioten in die Stadt Karlsruhe fahren.

»Also, mer müsse uns schon einig sein, sonst müsse mer noch emal komme«, droht Frau Schneider. »Der Anwalt von de Gegeseit nimmt uns eiskalt auseinanner. Also, ich stand links, als des Auto um die Eck kam. Ich hab also rein gar nix gesehe. Und des Hundle war ja klein, oder?«

»Kann mich an den Hund net erinnere. Und ich hab sowieso nix gesehe. Ich hab nur des Geschrei gehört!« Frau Flick.

»Mein Herkules hat gerade sein großes Geschäft gemacht, ich hab auf nichts geachtet«, lügt Ricky aus dem Baumweg.

»Des stimmt doch gar net. Ihrn Herkules war schon fertig mit Ka…, also mit seim Geschäft, als des passiert ist. Sie sind rechts gestande und habe alles gesehe. *Do* sind Sie gestande!« Frau Schneider ist erbost.

»Noch emal: ›Do‹ is kei Richtung und auch kein Standort!« Wieder Frau Flick.

»Natürlich. Im Badische scho.«

Es geht hoch her. Das ganze Auto wackelt.

Susanne fährt. Obwohl sie eine viel weltläufigere Person als die anderen ist und einem Richter von Autor zu Akademiker geradeaus in die Augen schauen kann, hat sie sich schick angezogen. Vielleicht ist ja Presse im Gerichtssaal.

»Jedenfalls is die Frau zu schnell gfahre.«

»Könnt ich net bezeuge. Als ich sie gesehe hab, ist se praktisch schon gestande.«

»Mer müsse mit einer Zung spreche. Sonst müsse mer noch mal komme«, warnt nun auch Ricky, der keine Lust hat, noch mal mit einem Geschwader alter Weiber in die Stadt zu reisen.

In Karlsruhe angekommen, muss mühsam ein Parkplatz gesucht werden, dann eilen die vier durch die Baustellenwüste zum Gericht.

An der Pforte hebt Frau Schneider beide Arme.

»Was soll denn des jetz?«, fragt Frau Flick.

»Falls mer durchsucht werde.«

»Des hättest du wohl gern, he?« Wieder Frau Flick.

Die Dame an der Pforte winkt die vier Zeugen durch. Oben suchen sie mit den Vorladungen in den Händen ihren Saal.

»Da, 134!«

»Des is ja nur e Zimmer un kein Saal.«

Enttäuschung bei allen Beteiligten.

Frau Schneider: »Ja, e plattgefahrenes Hundle is net viel wert in dem Land!«

Susanne bereut, ihre teure weiße Bluse angezogen zu haben. Und Wurschtel war kein Hundle, sondern ein räudiger, schulterhoher Köter gewesen, der noch Wochen nach dem Unfall gelebt hatte.

In Zimmer 134 sieht ihnen ein müder, junger Jurist entgegen.

»Zeugen in Sachen Wurschtel? Sie sind zu früh, es geht erst um ein Uhr los.«

Frau Schneider stellt fest: »Der Idiot ist ja auch noch net da. Und die Mörderin auch net. Gehe mer also noch mal raus.«

Ein älterer Mann, der auch auf einen Prozess wartet, rückt misstrauisch Richtung Fenster.

Die drei Damen beschließen, den angrenzenden Peek und Cloppenburg aufzusuchen, lärmen erneut an der Pforte vorbei und entdecken im ersten Stock des P & C allesamt, aber jede für sich, ein nettes T-Shirt. »Auf de Sommer!«

»Zum Zahle reicht die Zeit nimmer. Lege mer's zurück und zahle nach unserem Prozess.«

Die Verkäuferin schaut misstrauisch. »Kommen Sie dann noch mal raus? Wird man da nicht gleich abgeführt?«

»Los jetzt!« Susanne scheucht.

Die Pförtnerin am Gericht winkt die drei problemlos durch.

In Zimmer 134 tut sich immer noch nichts. Allerdings ist inzwischen der sogenannte Idiot eingetroffen.

»Wisst ihr, was ihr sage sollt?«

»Des is Beeinflussung. Ich sag hier nur die Wahrheit und nix als die Wahrheit.«

Die Sache mit dem Hund ist ein Jahr her. Der sogenannte Idiot hat längst einen anderen Hund. Niemand kann sich mehr so ganz genau erinnern.

Der müde Jurist tritt vor die Tür. »Der gegnerische Anwalt steht im Stau. Es dauert noch eine halbe Stunde.«

Susanne ganz pragmatisch: »Dann könnte mir doch die T-Shirts schnell auslöse!«

Die drei Damen eilen nach unten, durch die Pforte hinaus und kaufen die T-Shirts.

Als sie jeder mit einer Tüte zurückkommen, macht ihnen am Gericht die Pförtnerin auf, ohne einen Blick nach ihnen zu werfen.

Frau Schneider macht sich Gedanken: »Des wär doch en Trick für Terroriste. So oft rein- und rausgehe, bis mer net mehr kontrolliert wird, und dann die Waffe neischmuggle.«

Oben sitzt der Idiot mit seinem Anwalt und die grauhaarige Mörderin mit ihrem Anwalt. Die Stimmung ist angespannt.

»Wie kann mer so e Hundle einfach totfahre!«, klagt der Idiot.

Die Graue regt sich auf: »Wenn Sie alle aufgepasst hätte, dann wär des net passiert. Außerdem war des Viech uralt.«

»Sie sin ja auch net mehr taufrisch. Aber ich hab an meim Wurschtel gehange. Er war mer wie en Sohn.« Der Idiot regt sich auf.

»Des ich net lach!«, sagt die Grauhaarige und lacht.

»Des hat 340 Euro beim Tierarzt gekostet und des will ich widder und des krieg ich widder, denn diese Leut hier sin alle Zeuge! Und die da hat en schreie ghört!«

Der gegnerische Anwalt fasst Susanne ins Auge.

»Na, dann wollen wir mal! Tragen Sie ein Hörgerät? Können Sie einen Hundeschrei von einem Menschenschrei unterscheiden? Können Sie das Schreien nachahmen? Nicht? Woher wissen Sie also, dass es Wurschtel war, der geschrien hat? Haben Sie ein Handy? Wie alt sind Sie? Was sind Sie von Beruf? Ist Ihr Hund jetzt alleine? Ist das artgerecht? Sind Sie vorbestraft? Sind Sie verheiratet? Nehmen Sie regelmäßig Psychopharmaka? Was können Sie uns über Ihre sexuelle Orientierung sagen? Dazu sind Sie übrigens nicht verpflichtet.«

Susanne steht auf. Winkt dem Idioten und der Grauhaarigen. »Kann ich euch mal kurz spreche?«

Die beiden folgen ihr verdutzt ins leere Nachbarzimmer.

»Also, passt auf. Jeder von euch zahlt 170 Euro für den tote Wurschtel und euer Anwält schickt ihr heim. Und von unserem Zeugegeld gehe mer alle zusamme schön esse.«

Und weil der Badener fast nichts so gerne tut wie »schön essen gehen«, wird der Vorschlag einstimmig angenommen.

Mitgebsel

Gerda regt sich am Stammtisch auf und ruft den Wirt, der sich gelangweilt an Schorsch vorbeidrückt, ein Handtuch über dem Arm. Auf seiner Stirn steht Schweiß. Es ist heiß in der Küche und heiß in der Wirtsstube. Irgendwo surrt eine Fliege.

»Dieser Wurstsalat Arme Leute mit Frikadellenresten schmeckt nicht, Herr Wirt. Nein, auch nicht mit noch mehr Mayonnaise über den Erbsen. Bitte nächstes Mal nur mit etwas Öl und Zucker. Danke!« Sie dreht sich zu den Mädels: »Also, ich habe mich daran gewöhnt, dass ihr hier unten seltsam sprecht, aber dass ihr auch Wörter erfindet, die geradezu lachhaft klingen, das ärgert mich nun doch ein wenig. Wir sollten der deutschen Sprache mehr Respekt entgegenbringen. Die Gebrüder Grimm haben ja nicht umsonst an ihrem Wörterbuch gearbeitet.«

»Sin des die mit dene Märche?«

»Auch, Lore. Auch!«

»Was für ein Wort meinst du jetzt genau?«

Gerda schüttelt sich. »Also gut. Ich war zu einem Kindergeburtstag eingeladen. Das kleine Töchterchen, ihr würdet Mädle sagen, von meiner Nachbarin wurde sechs Jahre alt. Und es war auch eigentlich recht nett, wenngleich ich natürlich wenig verstehe von dem, was die Konversation beinhaltet. Und was ja bei euch auch etwas eigenartig anmutet ... niemand spricht aus. Alle reden durcheinander. Bei uns s-pricht einer und dann nach einer Weile der Nächste. Also zuerst die Frau Pastor Stüveking, dann Frau Van de Cleve, deren Vorfahren Thomas Manns Großonkel von weitem gekannt haben. Dann mag Frau Dr. Stiegensen sprechen. Die Tierarztfrau. Sie kommt von den Halligen und spricht sowieso selten und wenig.«

»Echt jetzt?«

»Ja. Und so gehört es sich!«

»Des hört sich an wie en Volkshochschulkurs und net wie e Kucheparty!«

»Jedenfalls war der Geburtstag ganz angenehm, bis man mir ein Foto des Kindes in die Hand gab, aufgeklebt auf einer Tafel Schokolade. Ich sage, wie nett. Und man verwendet dieses – Wort!«

»Welches Wort denn, Gerda?«

»›Mitgebsel‹. Es sei ein Mitgebsel.«

»Ja, un?«

»Dieses Wort gibt es nicht!«

Susanne schaltet sich ein. »Gerda, hast du was in der Hand gehabt, als du kamst?«

»Ja, natürlich. Ein Präsent.«

»Weißt du, wie mer des im Badische nennt?«

»Nein, nun, doch, ich habe es gehört: Mitbringsel.« Gerda räuspert sich vor Überwindung.

»Und wenn mer geht und kriegt was mit? Wie wird das dann wohl heiße?«

Gerda schweigt.

»Ebe, Gerda. Ebe!«

Susanne freut sich. Die Waffen des Geistes sind immer noch die Besten.

»Schorsch, noch e Weinle!«

Isidor

Wieder einmal »Solo-am-Sonntag«-Stammtisch. Draußen ist es leider schon badisch-drückend-schwül. Die Stimmung ist daher mies.

Schorsch bringt Wasser, Wein und naturtrübe Apfelschorle für Gerda.

»Heute«, verkündet er, »haben wir Türkischen Wurstsalat. Er besteht aus Putenfleisch, Zwiebeln, Tomaten …«

»Und wird andernorts Döner genannt. Allmählich habe ich den Eindruck, euch gehe die Ideen für die Wurstsalate aus.« Sylvia schüttelt den Kopf.

Schorsch verschwindet in der Küche und wispert mit dem Chef.

»Und, alles klar?« Susanne schaut in die Runde.

Alle seufzen. Bald ist wieder Sommer und bisher hat sich nichts getan. Die große Karriere haben andere gemacht, das große Glück haben andere gefunden.

Sylvia, die ehemalige rechte Hand der Geschäftsleitung, hat von den Mädels die größte messbare Karriere gemacht. Sie hört Sachen, und sie kennt Leute.

Auch jetzt wieder. »Nur, dass ihr es wisst, es gab e Stelleausschreibung bei einer sehr großen Organisation und Isidor hat gewonne.« Sylvia lächelt wie eine Haifischfrau und genießt ihr süßes Herrschaftswissen.

Am Stammtisch böse Blicke.

»Stelleausschreibung? Da hast du uns gar nichts davon erzählt! Wär das was für mich gewese?« Ingrid sucht schon länger nach einem neuen Job, den sie »Herausforderung« nennt.

»Nun, die Sache war eher intern. Sehr intern.« Sylvia seufzt.

»Aha!« Ingrid, die nicht zufrieden ist mit ihrer Position in der Welt und speziell in der Firma für Leuchtmittel, die sie bezahlt, blickt böse. »Hättest mir ruhig mal was sagen können. Ich schau ja bekanntlich schon länger nach was Neuem!«

»Diese Position wär nichts für dich gewese.«

»Kannst du das für mich einfach so sage? Ich kann mehr, als du denkst.«

»In dem Fall kann ich das sage.«

»Eine gute Stelle?«

»Ja. Und unbefristet.«

»Wie, unbefristet? Des gibt's net.«

»Im wahrsten Sinne des Wortes. Die Stellenausschreibung geht bis unendlich.«

»Du spinnst.«

»Und sie ist schwer, nein, eigentlich gar nicht kündbar.«

»He?«

»Und ganz neu eingerichtet.«

»Siehst du, das wär was für mich gewese. Aber wie immer hat die Stell todsicher jemand Jüngeres gekriegt.«

»Todsicher stimmt, aber jemand Jüngeres ist es nicht.«

»Das sagen sie immer.«

»In dem Fall stimmt es. Der Mann war verheiratet und hatte einen Sohn. Er kommt aus Spanien und …«

»Ein Ausländer! Aha. Ich sag nix, ich sag gar nix, aber jetzt nehme sie uns schon die gehobene Positione weg!«

»Der Job hatte was mit dem Internet zu tun.«

»Na und?«

»Von höchster Stell! Allerallerhöchst!«

»Bill Gates?«

»Noch höher. Vier Buchstabe.«

»He?«

»Fällt dir nix Hohes mit vier Buchstabe ein? G-o-t-t! Man hat einen Schutzpatron für das Internet gesucht und gefunde. Es handelt sich um einen gewissen Isidor, einen spanischen Bauern, der um 1070 geboren wurde, verheiratet war, einen Sohn hatte, immerzu gebetet hat und als sein Herr ihn ermahnt hat, hat der zwei weiße Stiere an seiner Seite gesehe.«

»Naja, wer's glaubt!«, murrte Ingrid.

»Sein Leichnam ist übrigens niemals verwest! So will es die Legende«

Ingrid schweigt beeindruckt. Grübelt.

»Naja, der hätte dann eigentlich der Schutzpatron für Anti-Ageing-Cremes werde solle! Also gut. Lassen wir das. Es gibt bei der Stellevergabe ebe auch Ausnahme …«

Pfänderspiel

Ingrid hat schon länger Probleme in der Firma, weil die Firma Probleme hat.

Es ist – hinter vorgehaltener Hand – die Rede von personellen Einschnitten, von Kürzungen, von Rationalisierungen und Abfindungen. An Ingrid nagt die Angst, dass auch sie eines Tages bei diesen Eingesparten dabei sein wird. Schließlich ist sie nicht mehr ganz jung, alleinstehend, sieht sich in ihren schlimmsten Träumen bereits obdachlos oder sieht ihr mühsam angespartes Konto wie Märzschnee schwinden, da man es heranziehen wird, damit sie weiter wohnen, essen und sich kleiden darf.

Existenzängste nagen an ihr, der einst Schönsten weit und breit. Auf was wird sie verzichten müssen, wird man ihr ihre geliebte Nagellacksammlung – 2345 Stück – auflösen, ihren Schmuck wegnehmen, all ihre Werte entwerten?

Der kalorienarme Fisch, den sie eines Tages in der Zeitung eingewickelt nach Hause trägt, wird gegessen, die Zeitung weggeworfen, nein, halt … Die Hand schwebt über dem Abfalleimer, da fällt ihr Blick auf einen Artikel, der die Rettung verspricht.

Sie ist in der darauffolgenden Woche plötzlich sehr beschäftigt und taucht auch nur ganz kurz und etwas abgehetzt am Stammtisch auf. Den höchst rustikalen Wurstsalat Spreewälder Art, der aus einem Nest von süßsauer eingelegten Gurken besteht, um die herum sich zwei Mettwürste gruppieren, würdigt sie keines Blickes. Auf so was Fettes hat man jetzt im Hochsommer sowieso keine Lust. Hat der Wirt noch nie was von der Liebesheirat von Tomate und Mozzarella gehört?

»Kommst du mich vielleicht nächste Woch mal besuche?«, raunt sie Sylvia zu. »Ich wollt mal was mit dir bespreche.«

Sylvia wundert sich, aber nimmt die Einladung an.

Als sie Ingrid am darauffolgenden Samstagnachmittag tatsächlich aufsucht, kommt sie aus dem Staunen nicht mehr heraus.

»Seit wann bist du so christlich, Ingrid? Des is aber e schöne Bibel!«

»Ja, die hab ich in em feine Antiquariat in Baden-Baden gekauft.«

»Mit Goldschnitt und … die is ja richtig alt, von 1765! Bestimmt wertvoll.«

»Hoffentlich.« Vielsagender Blick.

Sylvia runzelt die Stirn. »Un e neues Bett hast du auch? Schick!«

»Ja, Interlübke. Wird kaum benutzt, hat deshalb en hohe Wiederverkaufswert. Ich schlaf eigentlich mehr so auf der Couch.«

»Hm? Naja. Die neue Brill steht dir auch gut. War auch net billig, hm?«

»Nee. Von dem feine Optiker hinte im Märcheviertel.« Ingrid blinzelt.

»Aha. Und mir kommt's auch vor, als wärn dei Zähn besser. Sin die Krone neu?«

»Ja. Neu. Mit Gold. Guck, alles Gold. E Investition.« Sie strahlt.

»So wie auch dein neuer Fernseher. Plasma. Flachbild. Groß.«

»Ja, wenn mer viel daheim isch, will mer e gscheites Bild auf die Welt da drauße habe.«

»Und dann köchelst du dir was in deiner Einbauküch. Die ist auch neu, oder?«

»Und wie. Hast du schon mei neues Bürokostüm gesehe? Lagerfeld. Und die Handtasch von Gucci. Die brauch ich beruflich. Hat e eigenes Laptopfach.«

»Was ist das da an deim Finger?«

»Mein künftiger zweiter Ehering. Ich hab mich verlobt!«

»Ingrid!!! Mit wem? Du bist doch grad erst geschiede!«

»Mit unserm Hausmeister.«

»Was? Wieso denn das? Den hast du doch immer eklig gefunde!«

»Mir wolle vielleicht mal heirate. Irgendwann.«

»Ingrid, du spinnst!«

Dann fällt Sylvias Blick auf einen Prospekt und eine danebenliegende Bestellbestätigung.

»Oh Gott, Ingrid! Du hast en Grabstein bestellt. Für dich? Aus Carrara-Marmor und mit goldenem Engel! Musst du sterbe? Sag mer's!«

»Nee. Kurzfristig net. Aber überlebe!«

»Wie denn das?«

»Die Sache hier, Brill, Ehering, Bibel un Fernseher, Arbeitskleidung un Gebiss un Küche sind gesetzlich nicht pfändbar. Also hab ich mir die teuerste Sache gekauft, weil sie mir des alles net wegnehme könne. Des meiste davon kann ich irgendwann wieder verkaufe. Den Grabstein kann man versteigere und mit em annere Name versehe. Es fehlt in der Liste nur noch en Hund. Der ist auch net pfändbar. Und da nehm ich natürlich e ganz ganz teure Rass. Im Moment is en tibetischer Nackthund in der nähere Auswahl.«

Schimpfspiegel

Eine Freundinnenclique besteht ja immer aus Teilmengen, die nach Interessen oder Bedürftigkeit zusammengewürfelt werden. Am Sonntagsstammtisch werden deshalb auch immer neue Koalitionen für die darauffolgende Woche ausgehandelt.

Manchmal treffen sich jetzt beispielsweise Ingrid und Lore, um »was zu unternehme«. Obwohl die eigentlich gar nicht zusammenpassen. Lore ist ein bescheidenes Veilchen im Moose, und zwar vor allem, weil ihr mangels auffälliger Ausstrahlung gar nicht viel anderes übrig bleibt.

Ingrid, verlassen von Rolf, inzwischen sogar geschieden, hat hingegen noch nicht so recht verstanden, dass ihre ganz großen Triumphe als Murgtal-Belle hinter ihr liegen. Immer noch lächelt sie verführerisch in alle Richtungen, hat ihren Ehering nicht abgelegt und hält sich ganz allgemein für was Besseres, weil Schöneres.

Heute besucht Ingrid Lore zu Hause, weil sie sich von ihr eine DVD leihen will. »A Chorus Line« mit Michael Douglas.

Ingrid kommentiert düster: »Bei der Hitz kann mer ja abends fast net aus dem Haus. Und kaum fange die Schulferie an, regnet's. So isch's immer!« Sie hat sogar eine tiefergehende Begründung für ihre Filmauswahl: »Da komme nur die Beschte weiter. Des lehrt was fürs Lebe.«

»Ja. Disziplin und Aussehe!«

»Ebe deshalb will ich sie mir anschaue. Ich hab auch immer in der obere Liga mitgespielt.«

Lore sagt nichts.

Ingrid stöckelt auf etwas zu teuren und etwas zu sehr Sex-and-the-City-artigen Schuhen durch die Wohnung. Sucht das, was sie immer sucht: ihr perfektes Spiegelbild.

»Was ist denn das da? Der Spiegel im Flur? Ist der neu? Das heißt, ist der neu? Oder alt? Sieht nach Flohmarkt aus. Schön.«

»Ich hab gern Spiegel. Obwohl sie ja täusche. Mer sieht normalerweis net die Wahrheit, sondern nur des Umgekehrte davon. Links is rechts und rechts is links.«

»Aha. Un was ist das jetzt für einer?«

»Des is en Schimpfspiegel. Flohmarkt. Südbade!«, erwidert Lore einsilbig.

Eigentlich mag sie Ingrid gar nicht immer so wirklich, sie fürchtet deren spitze Zunge und sagt jetzt lieber nicht zu viel.

»Was soll des sein?«

»Spiegel habe was mit Selbstbegegnung zu tun. Deshalb hieße die im Altdeutsche auch Schattebehälter. Gruselig, gell. Jedenfalls ist des hier e alte Tradition im Badische oder vielleicht auch woannerscht. En Spiegel und da guggsch rein und schimpfst dich selbst.«

»Warum denn des, um Himmels wille?«

»Ja, um dich zu reinige. Um dich besser kennezulerne. Un um Bescheidenheit zu übe.«

»Versteh ich net.«

»Des dacht ich mir.«

»Also, wie soll denn das gehen?«

»Also, zum Beispiel in deim Fall. Ich zeig dir's.«

Lore baut sich vor dem Schimpfspiegel auf und verändert die Stimme: »Ich heiße Ingrid. Ich trag viel zu enge Bluse un Hose und meine Haar sin viel zu schwarz gefärbt. Des macht mir Falten. Und überhaupt schmink ich mich zu arg, so dass das Make-up Gräben in mein Gesicht zieht. Ewig jammer ich mei'm Ehemann hinnerher und geh meine Freundinne damit auf die Nerve. Und eitel bin ich. Ich denk immer, dass ich die Schönste bin, weil ich mal die Schönste war und zwar des dortmals zwische Gernsbach und Forbach. Ich red immer von mir und hab net kapiert, dass ich net mehr zwanzig bin und auch net mehr dreißig, sondern … Lassen wir das. Ich tu immer vornehm und täusch vor, dass ich Sachen weiß, die ich gar net wirklich weiß. So wie ich immer angeb, ich könnte Französisch, dabei kann ich nur die Speisekarte im Flammkucherestaurant lesen. Und ich komm immer absichtlich zu spät, weil ich dann im Mittelpunkt steh …«

Lore redet und redet und merkt nicht, dass sie längst alleine in der Wohnung ist.

Büchersecondhand

Beim »Solo-am-Sonntag«-Stammtisch werden immer mal wieder Tipps zur allgemeinen Lebensführung ausgetauscht.

Johanna-Marie nimmt eine Gabel vom Wurstsalat Baden-Baden mit Schinkenstreifen und Melonenkügelchen und stellt fest: »Jetzt is ja Urlaubszeit. Und als ich auf dem Speicher nach unsere Koffer gesucht hab, immer in der Hoffnung, Torsten kann drei Tag ohne sein Rechner überlebe, is es mir wieder aufgefalle. Mir horte zu viel Zeug und mir habe alle zu wenig Platz in unsere Wohnunge.«

Sylvia, gerade zurück von einem Kurztrip nach Italien, wo sie sich drei neue Handtaschen kaufen musste, weil sie aussahen, als wollten sie nach Deutschland auswandern, sieht zu Boden.

»In der Rintheimer Straße gibt es einen super Secondhand-Bücherladen: das ›Bücherparadies‹. Da kannst du deine alten Schinke hinbringe und sie gege e neues Buch austausche. Die habe 40 000 Bücher mit ›Vorleben‹, wie sie dazu sage.«

»Und?«

»Ja, das is e gute Sach. Stichwort Entrümpeln. Magic Cleaning. Die Japaner mache das jetzt radikal. Da kann man sich neu erfinde. Und endlich Altes loslasse, um Platz für neue Gedanke und Idee zu mache.«

»Die Japaner habe ja auch keine Wohnunge, sondern Schließfächer!« Elke denkt an ihr mehrstöckiges Haus und freut sich, dass sie nicht in Japan lebt.

»Trotzdem. Des kommt bei uns auch.«

Sylvia guckt nachdenklich. Sie ist diejenige, die – außer der Lore – am meisten Zeug hortet. Natürlich vor allem besagte Handtaschen, Strickjacken und Kajalstifte aller Farben sowie Armreifen, die zu was Bestimmtem gepasst haben, das es schon lange nicht mehr gibt. Aber auch alte Gedanken versperren ihr die Sicht auf einen neuen Lebensabschnitt.

Am Abend nach dem Stammtisch geht sie also in sich und in ihr Arbeitszimmer und findet jede Menge Bücher, die schon Staub angesetzt haben und die – laut japanischer Denkweise – ihr Gemüt schwer machen und nach unten ziehen.

Also begibt Sylvia sich am nächsten Tag zu allem entschlossen ins »Bücherparadies«.

Hinter der Kasse ein netter Typ im Nickipullover auf einem Stuhl. Der sieht aus, als habe er alle Zeit der Welt.

»Hi«, sagt er. »Ich bin der Robert.«

»Und ich bin die Sylvia. Also, ich bring heut mal die ersten Bücher zu euch, denn ich möcht ›magic cleanen‹ und mich von kulturellem und emotionalem Ballast trenne und neue Wege beschreite.«

»Alles klar. Leg sie da hin!«, sagt der Nicki, völlig unbeeindruckt von Sylvias Wandlung.

»Wo? Ach, gleich hier auf den Tisch.«

Sylvia leert ihre große Tasche und gleichzeitig ihre Seele. »Hier ist ›Vom Winde verweht‹! Bisschen zerfleddert, ich hab das bestimmt hundert Mal gelese. Die Scarlett O'Hara war ja lang mei Vorbild. Mein Gott, die kleine Schlampe konnt mit Geld und mit Männern umgehe. Bewundernswert. Gut, mit de Sklave, das war natürlich net in Ordnung, aber mer muss es aus der Zeit heraus sehe. Wo wir gerade dabei sin, des Buch hier hat mir mein Vater als erste klassische Lektüre geschenkt: Honoré de Balzac, ›Die Kusine Bette‹! Da ging es um eine Kurtisane in Paris, die sich von verheiratete Männer aushalte lässt und ganz gut dabei lebt. Hab ich richtig rote Ohren gekriegt.

Dann hätt ich hier noch ›Astas Tagebuch‹. Von Barbara Vine, das war ja eigentlich Ruth Rendell. Ja, die is tot. Aber in dem Buch, da liest du und liest du und merkst nur, dass du dich unbehaglich fühlst und dass du nicht mehr aufhöre kannst. Erst am Schluss checkst du, dass es e Krimi war. Superbuch. Ach, und hier von Claudia Keller ›Ich schenk dir meinen Mann‹. Witzig. Ich glaub, wege dem Buch bin ich damals Single gebliebe. Soll ich gratis Putzfrau für ein Mann spiele, der seiner Geliebte dann Eigentumswohnunge schenkt?

Hier, aber da hab ich nur des Reclamheftle, ›Das Fräulein von Scuderi‹ von E. T. A. Hoffmann. Eine tolle Geschicht. Giftmorde in Paris. Im 19. Jahrhundert. Grusel. Aber raffiniert und so e schöne Sprach. Kann man direkt drin ertrinke. Nehmt ihr auch so was hier? ›Alles Soljanka oder was? Streifzug durch die Küche in der DDR. ‹ Du, da hab ich mich totgelacht: Toast Hawaii hieß bei dene doch tatsächlich Toast Kuba. Wie der wohl geschmeckt hat! Und dann hier, der Schinke, der sieht gar nicht mehr gut aus, ›Die Quelle‹ von dem Michener. Der Mann muss Sitzfleisch gehabt habe. Tausend Seite! Aber alles, was ich über Religion weiß, hab ich von dem. Wie das Christentum entstande ist und all das. Und hier, hihihi, die Satire von dem Bornewitz über ›Hänsel und Gretel‹ ... also, ich hab das geglaubt, dass da einer den Wald gesucht und gefunde hat, wo die Kinder der Hexe begegnet sin. Dabei war's ein Witz, aber sag mal nem Kind, was e Satire is.

Da, das ist ganz zerfleddert: ›Unterm Rad‹! Ach je, mein erster Freund und ich, mir habe des Buch zusamme gelese, könnt ihr euch das noch vorstelle. Hermann Hesse und seine unglückliche Schulzeit in Maulbronn. Und dann hier, damals habe wir gleich noch ›Siddharta‹ gelese. Aber da habe wir wirklich noch tiefere Gedanke gehabt als heute. Moment mal, hier hab ich noch ›Anna Karenina‹ ... was für en Schinke. Hab ich gelese, nachdem ich ›Effi Briest‹, hier, da ist es, verschlunge hatt, und weißt du, was ich daraus gelernt hab: Fremdgehe lohnt sich nicht, zumindest nicht für Fraue. Bei euch Kerle ist des was anneres. Und hier, oje, ist des lang her: ›Poosie in New York‹. Guck mal, die brave Zöpf, die die Kinder damals noch hatte, aber diese Poosie, die fand ich cool. Nur dass ich damals des Wort ›cool‹ nicht gekannt hab. Damals hieß des ›klasse‹.«

Also, das ware jetzt meine erste Bücher. Gern geschehe. Komme noch mehr. Was, von dem Regal darf ich mir dafür zwei neue nehme? Krimis? Lass mal sehe: ›Der Knochenmann‹. Hm … ›Blutsplittertot‹ … ›Der stumme Schrei‹ … ›Ich weiß, wann du tot bist‹ … ›Im Labor des Todschlächters‹. Ach, sei mir net bös, aber ich nehm meine Bücher grad wieder mit. Die ware für mich irgendwie wie ein Zuhause. Und da bin ich eigentlich lieber als im Labor des Todschlächters.«

Besser schreiben

Susanne, erfolgreiche Hundebuchautorin, hat die Hoffnung noch nicht aufgegeben, eines Tages einen Roman zu schreiben, in dem keine Köter vorkommen.

»Ihr werdet sehe. Eines Tages stehe meine Bücher nicht mehr in der Rubrik ›Garten. Tiere. Kochen‹, sondern die Buchhändlerin wird mich ehrfürchtig von dem Stapel Belletristik herunterhole.«

»Ich weiß net«, zweifelt Lore. »Wenn jemand so lange über Hunde schreibt, ob der dann noch auf Mensche umschalte kann?«

»Sehr wohl kann ich das. Natürlich muss man sich weiterbilde. Und deshalb hab ich auch Kurse für Kreatives Schreiben belegt. Inkognito. Falls mer mein Name kennt. Obwohl der Dozent wahrscheinlich gleich merkt, dass ich nicht bin wie all die andere.«

»Na gut. Übrigens gibt es heute Wurstsalat aus Tofu und Tomaten.«

»Oh je. Schorsch, bringst du mir bitte noch mal die Speisekarte ...«

Um noch besser zu werden, besucht die Susanne wirklich in der Folge einen Schreibkurs an der Volkshochschule. Drei Abende. Erteilt wird der Unterricht von Volkmar von Furtwangen, dessen Vorfahr nach eigenen Aussagen ein Minnesänger war.

»Es ist natürlich eine Weile her, so etwa im 12. Jahrhundert, aber bestimmte Dinge vererben sich eben weiter. Genetisch, Sie verstehen?«

Die Gruppe stellt sich vor. Sie besteht nur aus drei Personen. Ralf-Maria Fichte, ein pensionierter Gymnasiallehrer, Donita Gruszenko, eine osteuropäische Rothaarige undefinierbaren Alters, und Susanne, die Hundebuchautorin. Eine Tatsache, die sie verschweigt. Sie ist inkognito hier. Nicht dass die anderen noch mutlos werden.

Der erste Auftrag ist, den Beginn für einen Frauenroman zu schreiben.

»Immer Frauen«, mault Ralf-Maria.

Donita wirft die Haare zurück und rollt: »Frauen sind gutt … Männer besser.«

Susanne nimmt die Sache sehr, sehr ernst. Tagelang schreibt sie, feilt sie, verbessert sie. Und sie wird tatsächlich immer besser.

Am Stammtisch trägt sie ihren Text schon mal quasi als Generalprobe mit getragener Stimme vor.

»Aurelia erwachte, als der erste Sonnenstrahl sie wie mit einem feinen Strohhalm kitzelte. Ihr blondes Haar war ein wenig verwuschelt, sie strich es mit einer sanften Geste zur Seite. Ihre blauen Augen waren noch schlaftrunken, doch streckte sie sich nun genießerisch wie eine Katze. Die gelbe Sonne war ihr Element. Ob es das keltische Erbe ihrer geheimnisvollen Mutter war? Vater hatte nie viel von ihr gesprochen. Graziös schwang sie ein Bein aus dem Bett, ließ ein zweites folgen. Dann trat sie vor den Spiegel und ließ das Nachthemd von den Schultern gleiten …«

Schweigen in der Runde. Sogar Schorsch hat auf das Bierzapfen verzichtet und gelauscht. »Wunnerbar!«, staunt Lore mit Tränen in den Augen. »Also ehrlich, Susanne, ich hätt es nicht geglaubt, aber in dir steckt wirklich was Großes. Ich seh das alles direkt vor mir.«

Die anderen murmeln etwas wie Zustimmung.

»Ja, natürlich. Ich darf mit diesen Hundebüchern nicht mehr mein Talent verderben.«

Susanne seufzt. Der Verlag bezahlt sie gut für die Hundebücher. Wenn doch nicht das Diktat des Materialismus herrschen würde!

»Schorsch. Noch e Weinle.«

Der Kursabend naht heran.

Susanne lächelt, als Fichte sein Machwerk vorträgt: »Straßenbahn. Aussteigen. Eine Frau. Eine Frau. Eine Frau. Und kein Kostüm. Kostüm. Nein. Kein Haar gekrümmt zur Frisur. Kein Mund geschminkt zur blutigen Narbe. Nur eine Frau.«

Wie entsetzlich, denkt Susanne. Also, der wird ja gar nichts werden.

Volkmar lächelt fein.

Nun ist die osteuropäische Schnecke dran.

Sie rasselt: »Irina-Katarina, gestehen Sie, dass Sie im Kommunismus mit dem Genossen Wladimir Prochnoff geschlafen haben und ihm Informationen über unsere Freiheitsbewegung zugespielt haben! Oh, wir wissen, dass Sie im Hotel Wolga ein Zimmer hatten, und dort hatten Sie einen Schrank mit westlichem Sexspielzeug. Sie zogen sich aus und der Genosse Prochnoff zog sich aus und dann waren sie beide nackt. Was geschah dann? Gestehen Sie, Irina-Katharina! Und hoffen Sie nicht auf mildernde Umstände, nur weil Sie blind sind!«

Nun ist Susanne an der Reihe. Sie liest ihren Text von der erwachenden Aurelia vor und labt sich an dem andachtsvollen Schweigen um sie herum.

»Gut. Gut.« Volkmar läuft auf und ab, lacht in sich hinein, ganz leise, schüttelt den Kopf, zwirbelt den Bart.

»Ich hätte nicht gedacht, dass wir auf dieses Niveau gleich in der ersten Stunde kommen würden. Sehr schön, Rolf-Maria. Wir sind auf diese Frau gespannt, die so gar nicht wie eine Sekretärin daherkommt. Nur als Frau! Ich sehe sie vor mir. Und sehr geschickt, Donita, Ihren Roman mit einer Anklage beginnen zu lassen. Wir wollen wissen: Hat Irina-Katarina mit Prochnoff geschlafen oder nicht? Und dass sie blind ist, ist ein genialer früher Turning Point.«

Ich nicht, denkt Susanne. Ich will es nicht wissen, ob diese Schlampe mit Prochnoff geschlafen hat.

»Leider, Susanne, weist Ihr Text alle Fehler auf, die ein Romananfang haben kann. Niemals darf ein Roman mit dem

Erwachen beginnen. Das ist ein absolutes No-Go. Dann diese Sonne. Ja, sie geht jeden Morgen auf, aber ist das etwas, worüber wir in einem Roman lesen wollen? Nein. Blondes Haar und blaue Augen. Sind wir bei Gritli? Dann gleitet ein Nachthemd zu Boden. Wie sieht das Nachthemd aus, dass es einfach so zu Boden gleiten kann? Hat es so dünne Träger? Ist es heiß? Sommer? Nein, nein, zeigen, nicht erzählen. Show, not tell, meine Beste. Haare verwuschelt, ja was sonst, wenn man aufwacht? Und das Bild von der Katze wäre meinem Vorfahr Oskar von Furtwangen schon zu abgegriffen gewesen. Und … nur der Ordnung halber, meine Beste: Kelten sind dunkelhaarig.«

»Genau«, sagt Donita, die russische Ratte. »Ich hatte mal was mit einem Kelten und der war nicht blond.«

»Sehr frischer Einwand, Donita. Sehen Sie, liebe Susanne, nicht jeder muss schreiben. Es gibt so viele andere Talente. Malen Sie, töpfern Sie … Ihr Name wird niemals auf einem Buchdeckel stehen!«

Kirchgang

Ingrid ist niedergeschlagen, auch wenn sie es nicht zugeben mag.

Es sieht ganz so aus, als sei Ehemann Rolf mit Blindheit geschlagen und käme nicht mehr zu ihr zurück. Zumindest spricht die Scheidungsurkunde dafür, die bei ihr zu Hause nicht – wie die Heiratsurkunde – eingerahmt auf dem Eckschrank steht, sondern ein trauriges Schicksal in einem verschwiegenen Ordner fristet.

Während ihrer Ehe war sie davon überzeugt gewesen, dass Bewerber um ihre schöne Hand massenweise antreten würden, wäre sie nur frei. Mein Gott, wie viele schlüpfrige Komplimente haben ihr die Männer im Freundeskreis gemacht. Ihr, der Miss Murgtal! Lass mich dein Prinz sein und ähnliches Zeug! Nun muss sie das gleiche Schicksal erleben wie die Frauen in den mittelalterlichen Minneliedern. Nur die verheiratete Frau wird angebetet, die anderen sind Ausschuss.

Es liegen ein paar einsame und leere Tage hinter ihr, genauer gesagt runden sie sich schon zu Wochen. Und Ingrid fürchtet, dass auch vor ihr noch eine Durststrecke wartet. Da ist der einmal in der Woche tagende Stammtisch auch nur ein schwacher Trost. Auch wenn von dort zumindest Ratschläge kommen. Auch wenn es dort nur Frauen sind.

»Du brauchst etwas Spirituelles, um mental wieder auf die Reihe zu kommen«, sagt Johanna-Marie, die aber auch nichts Spirituelles hat. »Man hört Gutes vom Buddhismus. Ich hab nur so wenig Zeit, sonst wär das was für mich.«

»Klar, wenn man TV-Dinners für Torsten aufwärmen muss, hat man keine Zeit.«

Ingrid ist biestig, weil Johanna-Marie zwar immer davon spricht, sich demnächst von dem Digitaljunkie Torsten zu trennen, es aber niemals tun wird, was jeder außer ihr längst weiß.

Eine neue Falte zeigt sich jetzt rechts hinten links Richtung Ingrids Ohr. Nein, Buddhismus ist nichts für sie. »Buddhismus ist nix für mich. Zu weich. Ich steh mehr auf kernige Typen wie Jesus, die ihre Meinung bis zum Schluss vertreten. Ohne Wenn und Aber. Ihr wisst schon, die Sache mit dem Kreuz.«

Ingrid beschließt also, sich dem Christentum zuzuwenden. Und zwar in seiner reinen, hergebrachten Form.

In Karlsruhe gibt es eine schöne Kirche, die noch die alte Macht und Pracht des Christentums ausstrahlt.

»So richtig mächtig, wie im finsterste Mittelalter!«, erzählt sie am Stammtisch nach ihrer Bekehrung. »Da werd ich mich ab nächste Woche zum Meditiere zurückziehe.«

»Die Lutherkirch is net alt. Die hat einer um die Jahrhundertwende gebaut. Kitschding, find ich. Und in Karlsruh ist sowieso nix älter als 300 Jahre.«

Ingrid lässt sich nicht abbringen. Sonntags, tagsüber, wo sie sowieso so einsam ist wie das letzte Ei in der Pappschachtel, wo alle mit Kindern unterwegs sind oder beim Brunchen mit anderen Paaren, wo die Läden spät hochgezogen werden und müde Samstagsgesichter beim Bäcker anstehen und sieben Brezeln und sechs Croissants bestellen.

Diese Kirche hat samstagnachmittags geöffnet. »Offen zum Gebet«, heißt das Motto. So steht es auf einer altmodischen Tafel, und ein Pfeil weist ins Innere.

Ehrfürchtig betritt Ingrid das dunkle Gotteshaus. Draußen scheint die Sonne, hier drin ist es kalt. Sehr kalt. Aber sonst. Alles da. Altar, Kreuz, heilige Leute, die von den Wänden blicken und aus Winkeln zwischen Säulen hervorlugen, Bänke, Gesangbücher, leise Orgelmusik aus dem Irgendwo. Ein Ambiente, in dem man automatisch sogar mit sich selbst flüstert.

»Toll …«, flüstert Ingrid.

Ganz vorne in einer Kirchenbank sitzt eine ältere Frau, in sich gekehrt, gedankenverloren. Ingrid beobachtet sie eine Weile. Dann wird ihr langweilig und sie steht auf. Läuft ein bisschen herum. Man kann ja nicht immer nur in sich gehen.

Die Frau seufzt, mustert Ingrid, wendet sich dann wieder dem Altar zu, den sie mit dem Blick geradezu verschlingt. Dann holt sie einen Zettel heraus, schaut drauf und lächelt ...

Am Abend nach ihrem Kirchenbesuch berichtet Ingrid den Mädels am Stammtisch, aber erst nachdem der Wurstsalat Polnische Art mit einer gewöhnungsbedürftigen Mischung von eingelegten, marinierten Weichselkirschen und kross gebratenen Speckstückchen verzehrt ist.

»Igitt! Der Wurstsalat ist ja furchtbar ... Also, auf dem Zettel war sicher e einfaches, inbrünstiges Gebet draufgeschriebe. Ich sag euch, die Frau sitzt da vielleicht jeden Sonntag, sie schien so vertraut mit der Kirche, aber egal wie oft ich sie noch seh, des Lächeln heute beim erschte Mal, des is mir durch und durch gegange. E einfache Frau, net so schön wie ich.«

»Es gibt ein Leben nach der Schönheit!«, murmelt Johanna-Marie.

»Und geht in die Kirch, um ihrn Frieden zu mache. Die strahlt so was ... Authentisches aus. Die ist im Reine mit sich und der Welt. Ich find des toll, wenn jemand so wohin geht. Die könnt ja auch in die Kneipe gehe oder sonscht was. Und die ist die ganze Zeit da. Wenn ich komm, sitzt se schon, und wenn ich geh, wendet se nur kurz de Kopf. Und guckt mich durchdringend an. So en Blick, als hätt sie grad was ganz anderes geschaut. Weit, weit obe. Versteht ihr?«

Oft geht Ingrid nicht mehr in die Kirche, denn es wird ihr langweilig. Der liebe Gott hat wenig zu ihr gesprochen, fast gar nichts, und Jesus am Kreuz macht auch keine Entwicklung mehr durch. Am Stammtisch ist ihr neu erwecktes Christentum denn auch kein Gesprächsthema mehr. Also muss sie ihr Heil wohl doch im irdischen Jammertal suchen. Es gilt also Abschied zu nehmen.

»Liebe Frau«, spricht sie die ältere Frau an. »Wir werden uns nun nicht mehr sehen. Ich komme nicht mehr. Das Leben braucht mich wieder. Doch ich muss Ihnen sagen, dass ich es sehr, sehr bewundere, dass Sie hier immer stumme Zwiesprache mit unserem Schöpfer halten.«

»Schöpfer?«, sagt die Frau grimmig. »Des war kein verdammter Schöpfer. Des war nur so en Becher. Mehr wie e Glas. Gut, es hat damals geregnet, ich hier rein, mich unterstelle. Dann seh ich den Becher. Gold. Hat wohl einer vergesse, denk ich. Der Richter hat später gesagt, es war en Kelch und ich hätt e … Moment …«, sie holt einen Zettel heraus und liest langsam vor, »… sakrale Gegestand geklaut und weiterverkauft. Dafür hab ich als Sozialstraf sechs Woche Aufsichtsdienst in dere Kirch hier gekriegt. Ist des langweilig! Wär ich lieber eingfahre! Aber …«, wieder der Zettel, diesmal mit einem Datum, »… nächste Woch hab ich's rum.« Und dann strahlt sie. Es ist dieses überirdische Lächeln. »Und warum komme Sie jede Woch? Auch Dienst an der Gemeinschaft?«

»Nein, ich habe Gott gesucht«, sagt Ingrid.

Die Frau lacht scheppernd. »Der is hier net. Hier isch's zu kalt. Sogar für Gott.«

Zieltier

»Ich hatte jetzt beruflich, also quasi beruflich, damit zu tun: Wisst ihr, was ein Zieltier ist?«

Schweigen.

Alle am Stammtisch, ratlos vor Wurstsalat Hubertus mit Resten vom Reh und Quittenmarinade sitzend, schauen ein wenig indigniert, ja sogar empört. Zieltier? Und das ausgerechnet von Susanne, die doch ihr ganzes Berufsleben auf der Ausbeutung eines ihr vom Tierschutz anvertrauten Tieres aufgebaut hat, nämlich auf dem struppigen Hund Paul, der jetzt friedlich unter dem Tisch liegt, leise schnarcht, schlecht riecht und nicht weiß, dass seine Herrin offenbar den Jagdschein machen will.

Gut, er ist nicht besonders hübsch, dieser Paul, das haben alle schon längst so empfunden am Stammtisch. Wenn Susanne schon Bücher über Hunde schreibt, so könnten es doch wenigstens ansprechende Hunde sein, die sie virtuell an Alb, Murg, Rhein, Oos oder Neckar spazieren führt, finden alle insgeheim. Ein hässlicher Hund fällt natürlich auf die ganze Clique zurück.

Wenn ein interessanter Mann fragt: »Wer sind denn diese Frauen da, rund um die eine mit den schicken Klamotten?«, dann wird der Wirt antworten: »Das sind die mit der räudigen Töle. Die treffen sich immer sonntagabends.«

Ein so unschöner Hund wie Paul passt auch gar nicht zu Sylvias neuer Handtasche, die sie kürzlich in einem Nobelsecondhand gekauft hat. 800 Euro habe sie einst gekostet, so die Besitzerin, und für 300 Euro sei sie geradezu ein Schnäppchen. Sylvia hat nur die Zahl 500 gehört. 500 Euro Ersparnis!

Sylvia nimmt ihre Handtasche und stellt sie resolut zwischen sich und Gerda, aus Pauls Atemluftbereich.

Gerda findet es insgeheim gar nicht so schlecht, dass Susanne unter die Jägerinnen geht. In ihrer Heimat hat nämlich nur die bessere Gesellschaft gejagt.

Lore ist so entsetzt, dass sie nur mit stummem Auge am Tisch herumblickt. Sie liebt alle Kreatur, das heißt, sie würde sie lieben, wenn sie sich nur lieben ließe. Aber meistens rennen Kinder und Haustiere weg, wenn sich Lore ihnen mit ausgestreckten Armen und überbordenden Gefühlen nähert.

Elke wiederum beschließt, ihre Katze einzusperren, wenn die schießwütige Susanne zu Besuch kommt, oder sie besser noch gar nicht erst einzuladen.

»Torsten«, murmelt Johanna-Marie mit Abscheu, »macht Spiele am Computer, wo man Tiere abknallen muss. Mit Moorhühnern hat er angefangen, jetzt erledigt er Fabelwesen mit Flügeln und schuppigen Schwänzen.«

Ingrid ist es egal. Sie ist mit sich selbst beschäftigt. Soll doch abschießen, wer wen will. Und für den Köter von Susanne hat sie sich sowieso noch nie interessiert.

Susanne löst das Rätsel auf: »Da! Paul kratzt sich immer so in letzter Zeit. Da habe ich ihm ein Medikament besorgt. Und da steht's. Anti... irgendwas Lateinisches. Zieltier: Hund. Irres Wort, findet ihr nicht?«

Alle gucken nach unten und denken: »Hätte sie auch gleich sagen können!«

DVD = Das verdammte Ding

Die Mädels wollen mal einen Sonntag aussetzen mit dem Stammtisch. Leise flüsternd, damit es der Wirt nicht hört, proben sie die Revolte.

»Immer nur rumhocken und essen. Meistens ungesunde Wurstsalate mit merkwürdigen Zutaten. Das ist ja furchtbar!«

»Ja, man kann auch mal einen Abend ohne tierische Eiweißprodukte verbringen. Ich habe das erlebt.«

Ingrid war nämlich selbst eine Zeitlang Vegetarierin gewesen. Nachdem aber ein neuer, sehr guter Metzger in ihrer Straße eröffnet und jede Menge Sonderangebote in die Briefkästen geworfen hatte, hatte sie das Konzept wieder aufgegeben.

»Wie heißen die? Veganer! Da denke ich sowieso immer, die kommen vom Planeten Vega!«

Lore freut sich. »Wie bei Raumschiff Enterprise. Ach, die alten Folgen mit Dieter Schönherr würde ich gerne mal wieder sehen.«

»Dietmar, Lore! Und außerdem war das ›Raumpatrouille Orion!‹«

Aber das bringt die Mädels auf eine Idee. Sie wollen mal was ganz anderes, was Kreatives machen. Nämlich einen DVD-Serienabend. Das ist zwar eigentlich genau betrachtet nicht so furchtbar kreativ, aber immerhin ist es mal was anderes.

Susanne leise: »Mir lege zusamme und kaufe uns e ganze Serie. Und dann gibt's Erdbeerbowle mit frische Erdbeeren, is ja jetzt grad noch die Zeit, und Salzstengel und mir schaue alle Staffeln.«

»Was für Staffeln?« Lore natürlich.

»Das sind immer zehn oder zwölf Filme auf einer DVD. Das nennt mer heut Staffeln. Mein Gott, Lore, des weiß jedes

Kind. Jedenfalls wird das ein einmalig lustiger Abend. Nur wir! Freundinne fürs Lebe!!«

Alle stimmen zu, alle sind begeistert.

»Also, welche Serie solle mer hole?«

»Gibt's nur eins, ›Traumschiff‹. Die habe so herrliche Landschaftsaufnahme und es spielt immer en alter Mensch mit und e Kind!« Lore schon wieder.

»Bist du irr? Erstens sind des unendlich viele Folge und zweitens ist des Beschäftigungstherapie für verblühte Schauspieler wie Jutta Faltig Speidel.«

»Sei net so gemein. Die is in unserem Alter. Dann bisch du also auch gege die ›Schwarzwaldklinik‹?«

»Oh Gott, Sascha Hahn!« Sylvia kreischt. »Des ewige Bubigesicht!«

Lore ist beleidigt. Sie ist eine Romantikerin. Jeder weiß das. »Er heißt Hehn. Nicht Hahn!«

»Ich finde ›Inspektor Barnaby‹ recht passend!«, kommt es von Gerda. »Der Mann ist seriös, spricht gutes Englisch und lebt in soliden Verhältnissen. Und seine Morde sind immer in gehobenen Kreisen. Oder ›Eaton Place‹. Englischer Adel. Dem fühle ich mich nahe.«

»Da halte mer net mehr als zwei Folge durch. Dann schlafe mer ein.«

Susanne ist wie immer für Niveau: »›Mad Men‹ ist etwas Interessantes. Sehr ausgefallene Kameraführung. Es geht um eine Werbeagentur auf der Madison Avenue und die Geschichte beginnt in den 60er Jahren.«

»Hör auf. Es reicht, wenn wir selber aus de 60er Jahre komme.«

»Also gut: ›Golden Girls‹.«

Das riecht jetzt nach einem Kompromiss.

Doch Ingrid sieht sich nicht als Golden Girl, sondern noch als pinkfarbenes Girlie. »Danke. Ich habe keine Lust, mir stundenlang Wechseljahresgeschwätz anzuhören. Ich bin mehr für etwas, das auch der Elke bestimmt gefällt: ›Desperate Housewives‹. Ich find die Gabby toll. Die Mexikanerin. Die sieht immer gut aus und lässt sich nichts gefalle. Außerdem legt sie Wert darauf, sich mit reiche Männer zu umgebe.«

»Wie meinst du denn des jetzt? Wieso würde mir speziell *die* Serie gefalle?«, fragt die Elke misstrauisch.

»Naja, du bist doch immer so verzweifelt wege deiner Familie.«

»Aber immerhin hab ich eine!«

Ingrid ist beleidigt: »Wie meinst du des jetzt? Die Wulffs sind auch wieder zusammegekomme. Rolf kann jederzeit umkehre!«

»Literarisch gesehen sind diese Frauen vollkommen wertlos!«, wirft Susanne, die Frau fürs Literarische, ein. »Ein Lehrstück für die plastische Chirurgie. Schreckliche US-Vorstadtschmonzette.«

»Ich hab immer die ›Unverbesserlichen‹ so gerne gesehe!« Elke lächelt sehnsüchtig. »Das war noch ein warmes Familienlebe!«

»Meinst du die Schwarz-weiß-Schwarte mit Inge Meysel? Oh Gott. Die hatten ja nicht mal Internet.« Johanna-Marie verwandelt sich für eine Sekunde in Torsten.

»Und des ging auch. Das erinnert mich an mei Kindheit.«

»Schwarz-weiß ist aber tatsächlich künstlerisch wertvoll, aber die ›Unverbesserlichen‹! Die Schauspieler sind ja schon alle tot.« Susanne seufzt.

»›Dallas‹ wäre für mich noch eine Option«, kommt es jetzt vollkommen überraschend von Gerda. »Der gute Pastor Stüveking hat gesagt, Gott hat uns J. R. geschickt, damit die protestantische Sünde ein Gesicht hat. Es hat etwas Reinigendes, wenn er mit seinen Plänen scheitert, und mehrmals brennt die Southfork Ranch ja auch ab. Das ist ein Symbol für das Fegefeuer. Unter diesem christlichen Aspekt könnte man die Serie schauen.«

»Oh Gott, hoffentlich hat dieser langweilige Stüveking Einreiseverbot nach Baden. Nein, ›Dallas‹ ist total altmodisch und wenn ich des Puppegesicht von dieser Pamela gucke, krieg ich zu viel. Ich bin für ›Two and a half men‹. Wir könnte da Männer als solche besser kennenlerne, wie die ticke und so.«

»Du lebst seit Jahr und Tag mit deinem Torsten zusamme und weißt immer noch nicht, wie er tickt?«

»Ingrid, zumindest hat *er* mich nicht wegen einer Saunatussi verlassen.«

Sylvia wittert zu Recht Streit. »Lasst das jetzt. Ich hab was wirklich Nettes: ›Sex and the City‹. Man nennt mich die Carrie Bradshaw der Handtaschen. Bei ihr Schuhe – bei mir Handtaschen.«

Gerda richtet sich auf: »Dann tue ich nicht mit. Da ist eine Dame dabei, die nur von ... Oralsex spricht. Tut mir leid.« Gerda schüttelt sich und sieht Stüvekings langes, ernstes Gesicht vor sich.

Alle schweigen. Es stimmt ja. Samantha ist schon eine arg heiße Nummer.

Jede denkt nach.

»Ich hatte viel Spaß mit den ›Gilmore Girls‹. Lorelai Gilmore war so eine Wunderhübsche!« Ingrid lächelt selbst wunderhübsch.

»Was spricht gege ›Miss Marple‹? Und zwar die alten Folgen mit Margaret Rutherford. Die macht keinen Oralsex mit Mr. Stringer und sie hat auch kein Puppegesicht. Ihre Handtaschen sind immer gleich, britische Wertarbeit. Es ist literarisch wertvoll. Die Böse werde immer erwischt, also fehlt auch die Stüveking'sche Reinigung net. Außerdem ist die schon so alt, dass wir uns nicht in ihr erkenne.«

»Unsinn. Des kann mer heut net mehr sehe. Die Junge schaue heut ›Game of Thrones‹ oder ›Big Bang Theory‹, aber das wisst ihr net, weil ihr alle keine Kinder habt, sondern nur ich für eure Renten sorg.«

»Ich trage auch Verantwortung für was Kleines, und zwar für Paul!«, empört sich Susanne.

»En Hund! Dann guck doch ›Lassie‹!«

»Ja, also wirklich, Elke! Ich muss schon sage. Auch Frauen, die sich nicht wie verrückt reproduziere, habe ein Anrecht auf eine Serie.«

»Wie, verrückt? Ich habe grade mal zwei Kinder. Zwei Kinder, die für euch alle Rente zahle müsse.«

»Da gab's doch mal e Serie mit zwei ganz alte Leut ...«, unterbrach Lore schwach. »Wie hieß die noch mal?«

»Oder ›Bonanza‹. Mit nem chinesische Koch. Für die unter euch, die gern asiatisch esse«, höhnt Ingrid.

»Weil ihr euch nicht entscheide könnt«, sagt Sylvia. »Wir schaue ›Lindenstraße‹ und zwar sämtliche Folge, von Nummer eins an. Wer als Erstes aussteigt, zahlt e Runde Rente für alle!«

»Kommt nicht in Frage. Mutter Beimer ist für mich e Brechmittel.«

Alle sehen sich betreten an.

Sylvia entscheidet: »Also, ihr Hühner, jeder reicht bis nächste Woche schriftlich seinen Vorschlag ein. Mit Begründung. Und dann stimme wir ab.«

»Und wo treffe wir uns?«

»Na, wo wohl. Im ›Wurstsalat-Paradies‹!«

Nebenbei erwähnt: Es kam niemals zu dem DVD-Abend.

Weitermachen

»Die Elke kommt heut net!« Lore seufzt. »Sie hat des, was ich gern gehabt hätt!«

»Was? Sex?«

»Quatsch. Elternstammtisch. In der erste Schulwoch. Ich stell mir das schön vor. Alle habe Kinder. Alle habe die gleiche Interesse. E eingeschworene Gemeinschaft. Nach so was tät ich mich sehne.«

Zur gleichen Zeit in einer Pizzeria unweit der Realschule sitzt Elke mit den anderen Müttern und zwei Vätern der zehnten Klasse zusammen, weil man den Halloweenabend in der Aula plant, der in ein paar Wochen sein wird.

Doch erst einmal schmieden die anderen Mütter die entferntere Zukunft ihrer Kinder zurecht.

»Also, die Sarah will nach der Realschul erst mal Bankkauffrau lernen und dann weitermachen. Fachabitur und dann Wirtschaftswissenschaften studieren.«

»Ja, wie der Tobias. Der geht ein Jahr ins Ausland, ›work and travel‹, und dann macht er weiter: Agrargymnasium in Ettlingen.«

»Unsere zwei, die Zwillinge, werden doch tatsächlich eine Schreinerlehre machen und dann machen sie weiter: Architektur. Diplom. Das geht mit Realschul und abgeschlossener Lehre.«

»Der Johannes lernt Immobilienkaufmann. Das liegt ihm und dann macht er weiter. Er wird wahrscheinlich Diplom-Immobilien-Fachwirt.«

Elke sieht sich ganz verzweifelt um. Alle, alle Kinder machen weiter. Keiner lässt es beim Realschulabschluss bewenden. Nur ihre Joanna macht nicht weiter. Sondern will einfach aufhören. So wie eine Uhr, die stehen bleibt.

Das Kind will nächstes Jahr tatsächlich einen Beruf lernen: Bäckerin. Und sie will danach *nicht* weitermachen!

»Warum?«, trotzt die missratene Tochter auf entsprechende Anfragen. »Ich ess gern Brot und Brötchen. Für mein Leben. Ich back gern. Und ich verzier gern. Und ich geh gern nach der Party spät ins Bett. Kann ich auch gleich aufbleiben.«

Elke ist unglücklich. Alle, alle machen weiter. Sogar die zwei älteren, ziemlich einfach gestrickten Kinder der Alleinerziehenden, die ihr gegenübersitzt! Die haben bis jetzt sogar nur den Hauptschulabschluss!

»Die Mandy hat ja jetzt Real. Meine zwei Großen machen aber natürlich auch weiter. Erst Werkreal-, dann en Realabschluss und dann die Fachschule für Erzieher. Da kriegt man das Fachabitur. Dann wird studiert.«

Elke sieht die Schwachköpfe der Alleinerziehenden mit Doktorhut vor ihrem geistigen Auge. Nur ihre Joanna will nicht weitermachen. Allen Überredungsversuchen ihrer Eltern hat sie entgegengetrotzt: »Ich lern Bäcker und dann Schluss. Vielleicht heirat ich ja den Bäckermeister und erb gleich die ganze Bäckerei!«

Wie kann das Kind nur so ehrgeizlos sein und mit dem Realschulabschluss einfach stehenbleiben? Das hat sie nicht von ihr!

»Und die Joanna?« Alle Augen richten sich auf Elke.

»Ach, die?«, lügt Elke. »Die lernt jetzt erst Einzelhandelskauffrau im Bäckereigewerbe und dann studiert sie natürlich.«

»Was denn?«

»Internationale vergleichende Konditorwissenschaften mit Schwerpunkt auf der Schwarzwälder Kirschtorte.«

»Echt?«

Eine Mutter war beeindruckt. »Ich glaube, da hat sie gute Chancen. Hauptsache, sie macht weiter.«

Erwartungslicht

»Wisst ihr, was seltsam ist? Es gibt Worte, die keine Fremdworte sind und die man doch nicht kennt!«, sagt Susanne nachdenklich und stochert im Wurstsalat Arabische Art mit Couscouskörnern und kleinen Hühnerwürfelchen herum. »Ich bin halt e Literatin. Mir fällt das auf.«

»Gibt's nicht«, sagt Gerda. »Mein Vater und ich, wir haben gemeinsam das Grimm'sche Wörterbuch durchgearbeitet und haben uns anhand der FAZ auf dem neuesten Stand gehalten.«

»Aha? Gibt's aber doch.«

»Nein. Deshalb beherrscht ein gebildeter, schriftsprachlicher Mensch die deutsche Sprache. Außer natürlich diese Computerfremdwörter und schrecklichen englischen Ausdrücke, aber die muss man ja auch nicht kennen.«

»Ich wette«, sagt Susanne, »dass keiner von euch weiß, was ein Erwartungslicht ist.«

»Gewiss. Das ist jenes Licht, welches uns gute norddeutsche Protestanten erwartet, wenn wir den Himmel betreten.« Sagt Gerda mit fester Stimme. »Das weiß doch jeder und nicht nur der gute Pastor Stüveking, der es natürlich besonders gut weiß.«

»Das ist das Licht, das ich für meine Kinder abends außen brennen lasse, wenn ich warte, dass sie aus der Disco kommen. Gerade jetzt, wo es wieder Herbst wird.«

»Das ist das Licht, das ein neuer Liebhaber neben seinem Bett anmacht, bevor du dich ausziehst. Ganz klar.« Ingrid seufzt.

»Ich sage, es ist das Licht, das am Computer angeht, bevor Torsten seine Mails abrufen kann.«

»Ihr habt alle mal wieder keine Ahnung. Ich bin jetzt mit einem Gitarristen befreundet und der erzählt mir die totalen

Insidernews über die Bühne. Und da gibt es das Erwartungslicht. Das ist das Licht, das auf der Bühne brennt, bevor die Künstler kommen. Jetzt seid ihr total platt, was?«

»Susanne?« Sylvia deutet mit dem Zeigefinger.

»Ja?«

»Wen interessiert das! Siehst du hier Künstler? Aber wenn wir schon bei komischen Wörtern sind: Was ist ein Lästling?« Sylvia lacht selbstgefällig.

»Erlaube mal!« Hundebuchautorin Susanne bläst sich auf.

»Torstens Computer!« Das kommt von Johanna-Marie.

»Mein Boden in der Küche!« Elke.

»Mein Exmann!«

»Ach, Ingrid!«

Sylvia triumphierend: »Ich sag's euch: Ein Lästling ist beispielsweise eine Malvenwanze. Die ist etwa fünf Millimeter groß und lässt sich zusammen mit Tausenden von Artgenossen wie eine große Traube in Astgabelungen nieder. Die können auch fliegen, und wenn sie geballt auftreten, dann ist das lästig und deshalb sind sie ein Lästling. Kein Nützling und kein Schädling. Im Winter können die auch ins Haus kommen.«

»So was Widerliches! Aber wisst ihr, was ›Yelp‹ ist?«, fragt Johanna-Marie selbstsicher.

»He?«

»Das ist Englisch. Das muss ich nicht kennen«, sagt Gerda selbstgefällig. »Ich bin ganz zufrieden mit unserer Muttersprache. Wenn sie ordentlich ausgesprochen wird, versteht sich.«

»Yelp? E Lied von de Beatles!«

»Lore, des hieß ›Help‹!«

»Was e Hundle macht, wenn es sich einsam fühlt. Yelp, yelp, yelp ...« Lore kriegt bereits feuchte Augen.

»Hab ich noch nie bei Paul gehört«, sagt Susanne abfällig.

Johanna-Marie grinst. »Ich helf euch weiter. Bei Yelp handelt es sich um ein ›Anhalte-Unterstützungssignal‹.«

»Was soll denn das sein?«

»Wenn hinter dir was Blau-Weißes erscheint und hört sich an, wie als ob du durch New York fährst, dann weißt du, was es ist. Du musst anhalte, weil dich die Polizei scheucht.«

»Echt?«

»Ja. Aber bei deiner Fahrweise, Lore, wirst du diesen Ton niemals höre.«

Elke steht auf. »Ich hab noch ein besseres Wort, Mädels: Was ist e Privatschrift?«

»Ein privater Brief.« Gerda lächelt damenhaft. »Das ist doch einfach.«

»Ein Testament?«

»Die Schrift von jemand Privatem!«, sagt Lore. »Also nicht von einem Beamte oder einer Behörde. Das ist doch sonnenklar!«

Schweigen in der Runde.

Elke seufzt und fördert von irgendwoher ein Heft zutage: »Mein Sohn schreibt in seinem Aufsatz mit dem Thema ›Ein typisch deutscher Sonntagmorgen‹: ›Sonntags genisen meine Ältern Brod und Wuoscht.‹«

»Um Gottes wille!« Susanne, die Autorin, starrt sie entsetzt an. »Was hast du unternomme? Nachhilfe? Beratung?«

Elke schüttelt den Kopf. »Ich war bei der Lehrerin. Sie hat gesagt, man bringt den Kindern heut net mehr bei, die Wörter richtig zu schreibe. Sie solle nach Herzenslust schreibe, wie sie es höre, und sich angstfrei entfalte. Und das, was dann bei jedem Einzelne dabei rauskommt, des nennt man ›Privatschrift‹.«

»Gut, dass mein guter Vater das nicht mehr erleben muss«, sagt Gerda entsetzt. »Ein Glück, dass er schon gegangen ist. Ach, wir hatten so eine wunderbare, würdige Beerdigung damals.« Sie wird schwärmerisch. »Und so viele Leute sind noch mit uns und Pastor Stüveking in die Hamburger S-tuben gegangen. Wir hatten zwanzig bestellt, doch sie haben nicht gereicht.«

»Zwanzig was?«

»Zwanzig Trauerteller.«

»He?«

»Das heißt eben so. Trauerteller. Norddeutsch. Ein Stück Graubrot, ein Stückchen Aal, ein wenig Quark und Käse. Drei Stücke im Ganzen.«

»Ein passendes Wort«, sagt Sylvia und schüttelt sich. »Des ist wirklich en Trauerteller. Da ist jeder Verstorbene froh, dass er's schon hinner sich hat. Im Badische trauere mer wenigstens mit Brezeln und ner Weinschorle.«

»Schorsch!«, ruft Susanne. »Ich krieg noch e Weinle.«

Spinne oder Hornisse

»Also, was ich ja bei viele Fraue überhaupt net leide kann«, doziert Susanne, die erfolgreiche und gefragte Hundebuchautorin, am Sonntagsstammtisch und beäugt den koscheren Wurstsalat aus Avocado und von irgendeinem Rabbi abgesegneter Lammwurst, »ist diese ewige Entschlusslosigkeit. Diese Unfähigkeit, sich zu entscheide. Also, du hast Möglichkeit A und Möglichkeit B. Nachdenke, abwäge. Zack, zack. Und eine davon nimmst du dann. Und nicht AB oder BA, sondern A oder B. Honig oder Marmelade, eins von beiden. Ich bin da schnell fertig. Und dann steh ich dazu. Nicht: Ach, der Honig ist so zäh, hätt ich doch lieber diese leckere, flüssige Erdbeermarmelade nehme solle.«

»Wie?«, fragt Lore, die dreißig Tage braucht, um sich für oder gegen ein paar Schuhe, die sie bei QVC bestellt hat, zu entscheiden. Exakt so lange, bis die Umtauschfrist abgelaufen ist.

»Nimm mal Männer. Euer Lieblingsthema. Er hat dir dreimal hintereinander abgesagt. Musst du da sieben Freundinnen frage, ob er dich liebt? Ja oder nein?«

»Nein?«, fragt Lore zaghaft.

»Du hast zwei Sachen zur Auswahl. Kurz nachgedacht, zackig, und dann eine endgültige Entscheidung getroffe. Ohne Reue.«

»Haha!«, höhnt Sylvia.

»Was meinst du mit ›Haha‹?«

»Haha. Manchmal kann man sich ebe net entscheide.«

»Man kann sich immer entscheide. Alles andere ist Kleinmädchen-Getue.«

»Ich stell dich jetzt auf die Probe. Nehme wir mal an, du kommst heut Abend nach Hause. Wir habe September. Zeit für

Krabbeltierchen. Du machst das Licht in deinem Wohnzimmer an und siehst …«

»Was?«, haucht Lore. »Einbrecher?«

»Was siehst du? Was wäre dir lieber? E Spinne oder e Hornisse?« Susanne schaut Sylvia fordernd an.

Alle starren Susanne an. Sogar Gerda, die so hygienisch lebt, dass sie seit Jahren kein Insekt mehr gesehen hat.

Susanne strafft sich und analysiert für Lore: »Gut. E Spinne ist zwar eklig, aber net gefährlich. E Hornisse kann steche und man könnt allergisch sein und sterbe. Andererseits ist e Spinne zur Tötung freigegeben, e Hornisse steht unter Naturschutz, also net. E Hornisse fliegt langsam, weil sie ja bekanntlich das größte mitteleuropäische Insekt ist, und man kann sie leicht fange. E Spinne rennt mit ihre viele Beine schnell weg, möglicherweise bekommt man sie nicht und traut sich tagelang, bis zum nächsten Besuch, nicht ins Wohnzimmer. E Hornisse kommt selten allein, vielleicht räche sich ihre Verwandte für den Mord. E Spinne fängt kleinere Insekte und ist nützlich und spricht für gutes Raumklima. Ich entscheid mich für die Spinne.« Sie triumphiert. »Seht ihr! So geht des!«

Alle schweigen beeindruckt.

»So geht des! Kein Rumgezicke.«

Als Susanne allerdings abends in ihr Bad geht, wünschte sie, sie hätte sich – angesichts des riesigen schwarzen Schattens mit mehreren bewegungsaktiven Beinen, der von der Wand in ihre Badewanne fällt – anders entschieden.

»Iiiii!«

Richtig ausnutze

Ein Wunder ist geschehen.

Elkes Mann Manfred verabschiedet sich für eine volle Woche zum herbstlichen Wandern mit einem Freund. Keine Frau weltweit, die sich nicht über so etwas freuen würde. Sitzt er doch ansonsten an den Kindern meckernd und Handtücher zu Boden werfend und Spülmaschine nicht ausräumend zu Hause herum. Jetzt wird er einmal am Tag zunehmend sehnsüchtiger von irgendwoher anrufen und die Elke freut sich schon.

»Manfred ist e ganze Woch weg. Des nutz ich mal richtig aus!« Tatkräftiger Blick über Wurstsalat scharfe Art mit Chilischoten auf die »Solo-am-Sonntag«-Stammtischrunde.

»Gut. Gut. Gut. Wenn du Tipps brauchst. Ich bin geübt drin, mein Leben ohne Mann zu genießen. Im Handtaschenland in Ettlingen gibt es neue Crossovers. Hast du Lust?«, fragt Sylvia und jeder weiß, die meint es wirklich so.

»Crosswas?«

»Des sin Handtasche, die mer quer über die Schulter trage kann.«

»Aha. Ich dachte, die heiße irgendwie anders. Deutsch. Aber danke. Ich sag Bescheid!«

»Ja, meld dich. Falls du mal einsam bist.«

»Kein Problem!« Elke wirkt euphorisch. »Und ich muss heut früher gehen. Die Unterhosen von Manfred sind noch im Trockner.«

Kurzes Schweigen, bis sich die Tür hinter Elke geschlossen hat. Dann bricht ein Orkan an Spekulationen los. Jede der Stammtischdamen hat ein Bild von Elkes freier Woche und hält damit nicht hinterm Berg.

»Du, die genießt jetzt mal mit ihrem Töchterchen die freie Zeit und geht mit ihr ausgiebig shoppe. Schön. So zwei Frauen!« Sylvia, die allerdings auch alleine kein Problem mit dem Shoppen hat.

»Ich glaub, sie macht mit beiden Kindern etwas Kulturelles. Ich meine, mich zu entsinnen, sie hat von der Landesgartenschau in Landau gesprochen. Ich würde mich gegebenenfalls anschließen. Wir im Norden schätzen den reichen Blumenflor.« Gerda natürlich.

»Kino. Wusstet ihr, dass die Elke e lange verdrängte Neigung zum Kino hat? Die geht jetzt in die Schauburg in de Mariestraß. Powerwatching. Ich hab angebote, ab und zu mitzukomme, aber sie wollt net«, sagt Susanne wichtig. »Ich glaub, sie braucht Zeit allein.«

»Ach, ihr habt all kei Ahnung von unserer Elke. In der steckt noch e uralte Sehnsucht. Nach Schönheit. Die ich net kenne, weil ich halt immer schon schön war. Und ich hab bei ihr die Visitekart von einem Schönheitschirurg gesehe. Die lässt was mache. Garantiert. Un wenn der Manfred zurückkommt, hat sie Lippe wie die Bardot.« Ingrid lächelt wie Claudia Schiffer.

»Ihr kennt all unsere Elke net. Mir hat sie anvertraut, sie liebt die österreichische Küch und freut sich drauf, endlich mal in Knödel zu schwelge. Die isst ja der Manfred net. Und den Rest wird sie einfriere. Habt ihr e Ahnung, wie viel Arbeit des macht!« Johanna-Marie, die gerne mehr kochen würde, aber Torsten schätzt einfache Gerichte, bei denen man eine Hand frei hat. Wegen der Tastatur.

»Tut mir leid, aber ich weiß mehr. Elke hat was ganz anneres vor«, sagt Lore. »Und ich hab ihr angebote zu helfe. Sie wird das ganze Haus mal gründlich durchwische. Richtig gründlich. Auch in die Ecken und unner de Schränk.«

»Buuuh«, machen alle.

»Kommt, trinke mer noch was!« Susanne seufzt. »Schorsch, des is für heut mei letztes Weinle.«

Am kommenden Sonntag erscheint die Elke beinahe pünktlich zum Stammtisch, wirkt ausgeglichen und ausgeruht und sieht auch gut aus.

»Na, hast du die Zeit ohne den Manfred genosse? Gell, des ist schön, wenn mer mal in Ruh putze kann, ohne dass einem en Mann im Weg rumsteht.« Lore treuherzig.

»Ich habe nicht geputzt!«

»Was denn dann? Shopping gemacht? Knödel vorgekocht? Mit deim Töchterle was …«

»Gott behüte, nein. Ich war im Bett mit Rübi.«

»Was? Was ist denn Rübi?«

»Nicht was. Wer! Eigentlich heißt er Wolfgang Rübenach, aber alle nenne ihn Rübi! Lustig, nicht wahr? Er ist der Vater von einem Schulkamerad von meim Sohn. Ich flirte nach den Elternabenden seit Längerem mit ihm, aber man kann sich auch zu Tode flirte. Deshalb ware mir jetzt ausgiebig im Bett, und die Sache ist damit vorerst erledigt.«

Schockstarre am Stammtisch.

Elke tupft sich mit der Serviette graziös einen Ölrest aus den Mundwinkeln. »Gut hier, der Tomatensalat! Ihr solltet auch mal was anderes essen als Sachen mit Wurst. Ich möchte doch aus gegebenem Anlass etwas mehr auf meine Linie achten.«

Alle starren Elke an. Elke, die Mutter, die Hausfrau, die treusorgende Gärtnerin und Nachbarin und Tierversorgerin.

Die Monogamistin!

Und leise, Stück für Stück, fällt bei jeder am Stammtisch ein Bröckchen unerschütterlichen Glaubens an die Welt, wie sie ist und immer war, auseinander und fällt leise zu Boden.

Die badische Pipi-Straße

Susanne erscheint etwas verspätet am Stammtisch und tut furchtbar wichtig. »Bitte, Schorsch, heute kein Wurstsalat. Jedenfalls nichts mit Zwiebeln. Ich habe bald einen größeren Auftritt und möchte nicht, dass die erste Reihe geschlossen nach hinten rückt.«

»Wo hast du denn einen Auftritt? Köln? Berlin? Darf ich mit? Die Sylvia kann uns fahren. Mit ihrem schicken Auto. Gerda, kommst du auch mit?« Lore ist sehr interessiert.

»Nun gut. Dagegen ist nichts einzuwenden. Es wird Herbst. Die Zeit beginnt, in der man sich über ein gutes Buch beugt. Pastor ...«

Sylvia unterbricht. »Okay, ich fahr euch. Wann müssen wir los? Denk an den Stau auf der Autobahn.«

Susanne lächelt säuerlich. Sie hat den Auftritt nämlich nicht in Berlin und nicht in Köln, sondern in einem Ort, den man erst auf der Karte suchen muss. Auf der badischen Karte, nicht auf der Weltkarte. Zaisenhausen. Verbittert denkt sie, dass andere Autoren tatsächlich in den Metropolen der Republik auf Lesereise sind, und sie muss in Zaisenhausen in einer Gastwirtschaft namens »Goldener Hut« auftreten. Aber andere Autoren schreiben ja auch über große Gefühle und wichtige Sachen und sie schreibt nur über Hunde.

Nach Zaisenhausen gelangt man nur mühsam mit Bus und Bahn und nachts gar nicht, deshalb ist sie nun doch froh, dass Sylvia sie mit ihrem schicken Auto fahren wird.

Lore und Gerda möchten immer noch mitkommen, auch wenn es nicht nach Berlin geht, denn ihnen ist beiden langweilig.

Also startet man in Karlsruhe, und weil auf der Autobahn Stau ist, gondeln die Damen erst einmal Richtung Durlach und auf der B 3 nach Bruchsal. Kaum sieht Lore den ehemaligen »Mann Mobilia« links liegen, muss sie aufs Klo. »Fahr da mal schnell raus. Ich muss aufs Klo!«

Sylvia biegt zähneknirschend ab. Nichts ist schrecklicher als eine Fahrt, die nicht beginnt.

Auf dem Parkplatz des ehemaligen »Mann Mobilia« hat sich ganz Baden zum Möbelkauf verabredet. Es gibt nicht einmal mehr einen Behindertenparkplatz, den man blockieren könnte. Sylvia fährt wieder auf die Straße. Durlach.

»Ich muss wirklich mal!«, sagt Lore. »Ich hätte nicht so viel Kaffee trinken sollen, aber bei uns in der Wohnanlage hat eine Dame ihren 100. Geburtstag gefeiert.«

»Oh Gott, Lore. Das weißt du aber doch vorher und jedes Mal machst du es wieder! Ich halt jetzt nicht, hier ist nichts.«

»Doch da vorne, in dem Eiscafé, da halte mal, und ich hole für euch alle ein Eis und unter dem Vorwand kann ich …«

Erneut anhalten. Parkplatz suchen. Lore rauslassen, die muss an der Theke warten, bis sie dran ist. Sie bestellt drei Portionen Eis und trägt sie zum Auto. Dann zurück in die Eisdiele.

»Kann ich auf die Kundentoilette gehen?!«

»Habe nixe mehr Toilette! Keine Sitzeplatze, keine Klo!«

»Mist!«

Lore zurück zum Auto. »Da geht's net.«

»Dann musst du aushalte.«

»Jetzt muss ich erst recht. Und noch mehr.«

»Lore, du bist wie e kleines Kind.«

»Fahr mal zwei Kilometer, da is rechts dieses Feinschmeckerrestaurant. Supertoilette.«

»Und da willst du aufs Klo gehen?«

»Nein, natürlich nicht. Ich reservier en Platz für drei Persone und dann frag ich, ob ich mir die Händ wasche darf. So feine Leut pinkle net, die benutze en Waschraum.«

»Wieso nur für drei? Darf ich nicht mit? Ist das nur für Badener?« Gerda ist beleidigt.

»Das is doch nur en Vorwand! Ich reservier unter Luise von Kalmbach-Hofstett.«

»Lore! Das ist Betrug«, empört sich Gerda.

»Das ist Notwehr. Meine Blase gegen den Rest der Welt.«

Lore stakst in das Feinschmeckerrestaurant. Kommt in Sekundenschnelle wieder heraus.

»Mist. Ich hatte vergessen, dass ich das schon mal gemacht habe. Vor zwei Jahren. Sie haben sich an den Namen erinnert …« Lore stöhnt. »Sie haben mich höchst unhöflich rausgeschmissen. In *dem* Restaurant reservier ich nicht mehr. Jetzt fahr halt weiter. Zur Aral-Tankstelle.«

An der Tankstelle ist die Toilette wegen dringend notwendiger Reinigungsarbeiten geschlossen.

»Sie glaube ja net, wie sich manche Leut da drin aufführe! Und manche wolle nur aufs Klo und tanke net«, so der Tankstellenpächter.

An der Stadtbahn in Weingarten gibt es deshalb schon seit fünf Jahren kein Klo mehr.

Susanne murrt: »Lore, wir müsse uns jetzt beeile. Ich komm sonst zu spät. Und es wird schon dämmrig.«

»Ich muss aber immer noch!«

Letztendlich fährt Sylvia schimpfend in eine Haltebucht und Lore verschwindet hinter irgendeinem Umspannhäuschen, das nur notdürftig Schutz bietet.

Auf die später geäußerte Frage »Hat mer was gesehe?« schweigen die Freundinnen taktvoll. Vielleicht hat Lore ja nicht bemerkt, dass mehrere Autofahrer vielsagend aufgeblinkt haben.

In Bruchsal geht's auf die Landstraße nach Heidelsheim und von dort nach Gochsheim. Gewundene Sträßchen, Felder, Wiesen und dann dichte Urwälder mit jeder Menge Wege, die hinter dicken Baumstämmen in dichtes, schönes Gehölz führen.

»Mist!«, sagt Lore. »So herrliche Plätz und jetz muss ich net. Verschwendung.«

Susanne kichert. »Gebe mer der Straß en Name. Es gibt die badische Weinstraße und die Schuhstraße und die Burgenstraße ... Märchenstraße und ... also, das hier ist ab heute die ›Badische Pipistraße‹!«

Alle lachen, dass das Auto wackelt.

Fast hätten sie deshalb den Ort Zaisenhausen übersehen.

Nummerngirl

Stammtisch. Noch mal richtig schönes Wetter. Goldener Oktober. Schorsch lässt deshalb die Fenster offen. Die inzwischen erwachsen gewordenen Vögel aus der Frühjahrsbrut zwitschern von draußen herein, es duftet süß und nach Blättern und nach Erde.

Die Mädels sind ein bisschen wehmütig. »Der Sommer war schön!«, sagen alle und bereuen, dass sie sich so über die Hitze beschwert haben.

Lore kramt in ihrem Kalender. Sie kann sich nicht erinnern, wann sie den Termin beim Orthopäden hat. »In sieben Tagen oder in sieben Wochen. Ich muss morge noch mal anrufe. Es war was mit sieben!«

Sylvia nutzt die Gelegenheit, um mit ihrem fabelhaften Gedächtnis anzugeben.

»So was kann mir net passiere. Ich hab alles gespeichert. Also, DE 00034567808877711, des is mei IBAN-Nummer und die BIC lautet KARSDE77YYY. Und 0172/456789012, des is mei Handynummer. 0721/9876543321 is mei Festnetznummer. Die Geheimnummer von meiner EC-Kart is 7766. Und die von mei'm Vater, der net mehr mit ihr umgehe kann, lautet 1295. Mei Schließfach hat die 123. Und der Code zum Öffne is 66A345b. Kleines b. Das ist der Trick. Um mei Handy zu entsperre, muss ich 3013 eingebe. Wenn ich Online-Banking mache will, muss ich 457563412330 eingebe und mei Passwort ist ›darling34‹. Ich sag net, warum. Der Schrank im Schwimmbad, den ich bevorzugt aufsuch, hat die 346 und mei Autonummer is KA-S-12. Und jetzt geht's los mit de Nummern von der Firma …«

»Hör auf, Sylvia. Nimm lieber noch von dem Regensburger Wurstsalat. Wie kann mer sich denn des alles merke?«

»Ich hab halt immer schon e gutes Gedächtnis gehabt.«

»Du gibst an!«

»Nein. Ich bin halt so. Ein Gehirnmensch. Hier obe schnurrt en Computer. Beispielsweise weiß ich die Autonummer von meinem allererste Freund, also richtige Freund, ihr wisst schon, was ich mit richtig meine, heut noch: RA-GO-24. Und das ist Jahre her.«

»Jahrzehnte trifft's eher«, bemerkt Susanne trocken. »Und wie hieß der?«

»Klaus. Nee, Moment. Klaus war später. Oder war's Bernhard? Nee. Der war komisch. Aber was mit B. Nee, Burkhard, glaub ich. Also, mal ganz ehrlich, Mädels. *Den* Name hab ich glatt vergesse!«

»Is ja auch nicht so wichtig!«, kichert Susanne. »Männer vergehe. Schließfächer bleibe!«

Jede der Frauen am Stammtisch weiß und merkt, dass die Johanna-Marie mit wenig zufrieden ist.

»Gestern«, berichtet sie dankbar, »hat der Torsten gekocht.«

»Und was?«

»Er hat mittags vom Döner-Ali zwei Yufkas geholt und sie abends in der Mikrowelle warm gemacht.«

»Johanna-Marie!« Sylvia schüttelt den Kopf. »Du spinnst. Das heißt nicht Kochen, das heißt Holen!«

»Nein, aber er hat sogar die Alufolie abgezogen und die Yufkas ganz nett auf zwei Tellern garniert. Und oben hat er eine Olive draufgesteckt, das hat so nett ausgesehe …«

Johanna-Marie ist äußerst sparsam und bescheiden aufgewachsen. Es war so, als habe ein Deckel auf ihrem ganzen Leben gelegen, der verhinderte, dass sie oder ihre Träume ins Kraut schießen könnten.

Der ältere Bruder hatte ihr hinter dem Rücken der Eltern die besten Spielsachen und später einen Teil ihres Taschengeldes weggenommen. Und da er gut lügen konnte – eigentlich hätte er Jurist werden sollen; er hatte sich aber in letzter Minute für das Arztdasein entschieden – hatte ihm alle Welt geglaubt.

Johanna-Marie hat also als Kind mit der Hälfte des eigentlichen Budgets wirtschaften müssen und diese Not macht erfinderisch. Die erwachsene Johanna ist sparsam bis zum Geiz und sie geizt auch mit Lob und Streicheleinheiten bei sich selbst. Aus diesem Grund hält sie es auch so lange mit Torsten aus, der seinen Computer eindeutig mehr liebt als sie.

»Wenn sein Apple-Computer koche könnt, hätt Torsten schon Schluss mit mir gemacht«, klagt Johanna-Marie oft.

Johanna-Marie gönnt sich nicht viel, denn sie ist insgeheim der Meinung, dass sie nicht viel verdient hat. Einmal in der Woche, an einem Freitagnachmittag, pflegt sie überdies ihre mürrische Tante zu besuchen, die in einem Altenstift in Mannheim mehr residiert als wohnt.

Ob Johanna-Marie einst die Erbin der kinderlosen Tante sein wird, steht nicht fest, denn die Tante hält den Sachverhalt, wem sie ihr Geld einst anvertrauen wird, schlauerweise geheim. Die Tatsache, dass ein Bild ihres Bruders in Ärztetracht auf dem Büfett der Tante steht, lässt nichts Gutes ahnen, ebenso wenig wie jubelnde Dankesschreiben des Tierheims, die immer wieder auf dem Schreibtisch liegen.

Johanna-Marie fährt nicht gerne Auto; deshalb wählt sie von Karlsruhe aus den Regionalzug nach Mannheim. Der ist freitags in beide Richtungen hoffnungslos überfüllt. Oft muss Johanna-Marie stehen oder auf einem höchst unangenehmen Sperrsitz neben dem dauernd besetzten Klo hocken. Sie kauft sich immer das sogenannte Baden-Württemberg-Ticket für 23 Euro. Alles andere wäre Völlerei. Der Meinung ist auch Torsten, der auf eine Apple-Uhr spart.

Auch heute wieder, es ist für die Jahreszeit zu warm, fast noch einmal schwül, steht Johanna-Marie am Fahrkartenautomat. Sie traut sich nicht, etwas zu trinken, denn nur zu oft ist im Zug die Toilette gesperrt oder sieht so aus, dass man sie eigentlich sperren müsste. Sie schwitzt in ihrem Pullover aus Synthetik in Wolloptik.

Sie sieht auf die Uhr. Die Tante wird schon warten.

Neben ihr steht ein Managertyp mit graumeliertem Igelschnitt, der hektisch gleich mit zwei Handys telefoniert. In dem einen scheint der Geist seiner Frau zu stecken, in dem anderen sein Chef.

»Ja, Herr Rösinger, ich mache die Verträge bis morgen fertig. Nein, ich streiche dann den Mannheim-Termin und bleibe hier im Büro. Ja, ich war schon am Bahnhof. – Hallo, Schatz, bist du noch dran? Ich komme heute Abend etwas später. Muss noch mal ins Büro. Warte nicht mit dem Essen. Hat Jonathan die Matheaufgaben schon gemacht?«

Beide Handys werden abgeschaltet. Wild blickt er sich um.

»Entschuldigung«, sagt Johanna-Marie. »Könnten Sie mir einen Zwanziger wechseln? Der Automat nimmt heute nur Zehn-Euro-Scheine.«

»Was?«

»Ich möchte ein Baden-Württemberg-Ticket ...«

»Wissen Sie, wie egal mir das ist? Ich muss bis heute Abend einen wasserdichten Vertrag zur Übernahme einer Immobilienfirma durch eine andere Immobilienfirma fertig haben. Plötzlich haben die es eilig. Wo wollen Sie denn hin?«

»Nach Mannheim.«

»Hier. Nehmen Sie in Gottes Namen meine Fahrkarte. Ich kann mit ihr nichts mehr anfangen, denn ich muss wieder zurück in mein Büro hier. Der ICE fährt in fünf Minuten. Viel Spaß damit.«

Und so steigt Johanna-Marie in einen ICE ein wie in eine unbekannte Welt. Und dort steuert sie direkt in die erste Klasse. Große Räume. Wenige Leute, viele Laptops.

Sie wählt einen Vierersitzplatz, zieht den unförmigen Pullover aus, der erste Speckröllchen verdecken soll und praktischerweise auch über den Po geht. Hat bei C&A 13 Euro gekostet. Sie zupft ihr T-Shirt zurecht. Jetzt geht es ihr besser.

Sie hängt den Pulli an einen der schönen Haken, fällt in einen weichen, schönen Sitz mit weißem Kopfbezug, die Scheiben sind leicht getönt, es ist kühl, es ist ruhig. Und da vorne wäre eine saubere Toilette.

Ein Getränkewagen rattert heran. »Mineralwasser!«

»Ja, bitte!«

Johanna-Marie sieht sich um. So kann man also auch reisen. Und vielleicht auch leben. First Class.

Eine ältere Dame mit Lachfältchen neben ihr, die ganz anders aussieht als ihre Tante, obwohl im gleichen Alter, sagt:

»Angenehm, nicht wahr? Ach, man soll sich was gönnen. Schließlich sind wir zwei Frauen auch First Class, oder?«

Johanna-Marie lächelt ratlos.

In Mannheim steigt sie aus. »Sie haben Ihren Pulli vergessen!«, ruft ihr die ältere Dame hinterher.

Johanna-Marie atmet tief durch und denkt an die Kunstfaser. »Ich brauche ihn nicht mehr. Danke!«

Der Pullover fährt weiter nach Hamburg. Und Johanna-Marie mit dem Taxi ins Seniorenstift.

»Hallo, Tante Hanni. Übrigens, wenn ich dich weiterhin besuchen soll, möchte ich dich um das Fahrgeld bitten. Und nur, damit du es weißt: Ich reise künftig First Class. Weil ich es mir wert bin.«

Dahin geht eine Apple-Uhr und ein Männertraum.

Iii … gesund!

Der Stammtisch entfällt in dieser Woche, denn Elke hatte am Freitag Geburtstag und lädt für Sonntag zu sich nach Hause ein. Außer dem Wirt des »Wurstsalat-Paradieses« freuen sich alle. Denn man kann ja gegen Elke sagen, was man will, und das ist eine ganze Menge, aber sie verfügt über eine wenig überraschende Fähigkeit: Sie kann sehr, sehr gut backen, und da sie selbst alles Süße liebt, ist ihr Haus für naschsüchtige Frauen etwa so verlockend, als habe man einen Hund über Nacht in einer Tierfutterhandlung vergessen. Außerdem naht die dunkle Jahreszeit, in der der Körper nach süßem Trost verlangt.

Die Mädels treffen sich zehn vor drei an der Ecke, da sie geplant haben, gemeinsam bei Elke einzutreffen. Lore kommt etwas verspätet, weil der Aufzug in ihrer Seniorenwohnanlage gewartet wurde.

»Da is alles so gut organisiert. Ich wollt nirgends anders mehr wohne!«

»Lore, des deprimiert mich!« Sylvia schüttelt den Kopf.

Johanna-Marie schwärmt: »Lasst uns gehen. Hmmm … Letztes Mal hat sie wieder diese leckere Candybar aufgebaut, wisst ihr noch? Lakritzschneckle, Schaum-Eier, Marshmallows, saure Drops, Brausestäble … Ich konnt hinterher drei Tage nichts mehr aus Zucker sehe. Deshalb hab ich seit vorgestern nicht ein Stückchen Schokolade zu mir genomme. Herrlich, die Vorfreude.«

»Ja«, mault Ingrid. »Ich freu mich zwar net auf den Geburtstag, immer diese Familie im Hinnergrund, aber des bunte Zeug ist richtig gut. Erinnert mich an mei Kindheit, die ja auch noch gar net so lang her is.«

»Nee, nur e halbes Jahrhundert.« Sylvia schüttelt den Kopf.

Lore und Susanne treten ungeduldig von einem Fuß auf den anderen.

»Genug geredet. Also, los, hauen wir rein.«

Drin ist tatsächlich die Kaffeetafel aufgebaut. Die pünktliche Gerda sitzt als Einzige nun doch schon da und sieht eher säuerlich aus. Die Kinder kommen, sagen guten Tag und flüchten gleich wieder.

Ehemann Manfred sitzt unleidlich auf dem Sofa herum und wartet, bis es mit der Invasion von Frauen mittleren Alters vorbei ist. Da es Elkes Geburtstag ist, kann er nicht wie sonst in Garten oder Keller ausweichen.

Die Mädels spähen.

Die Kaffeetafel sieht irgendwie anders aus als sonst. Keine Kuchen, die mehrstöckig aus Sahne, Creme und brauner Masse erbaut sind, sondern nur einige braune, schrumpelige Dinger.

»Das sind Rüblimuffins mit Stevia anstatt todbringendem Zucker. Stevia ist sehr gesund für euch. Später hab ich noch ganz leckere Honigwaffeln aus Vollkornmehl und Dinkel. Kurbelt eure Verdauung an.«

»Über so etwas spricht man nicht bei Tisch!«, bemerkt Gerda.

»Mei Verdauung wär auch so super«, murrt Lore. »Wo ist dei berühmte Räubertort mit Marzipan und Arrak?«

»So etwas Ungesundes wollte ich meine beste Freundinne net mehr anbiete. Ich möchte, dass ihr lang bei mir bleibt, weil ich euch liebe. Übertrage gesehe. Nimm von dem Matcha-Tee. Dreimal so viel Koffein wie Kaffee, aber gutes Koffein.«

»Mir hätt normaler Kaffee gereicht. Ich will schlechtes, böses, bitterböses Koffein!« Lore starrt finster auf dem Tisch herum. »Wenn es nur so Zeug gibt, bleib ich net lang.«

Sylvia seufzt. Sie fühlt sich wie auf Zuckerentzug. Cold Turkey. Bald wird das gefürchtete Zittern beginnen.

»Elke, wo is die alljährliche Candy-Bar?«

»Ja, die habe ich natürlich nicht vergessen. Da!« Sie weist auf einen Tisch mit Schüsseln und buntem Zeug darin.

Alle stürzen gierig hin. Prallen zurück.

»Was ist denn das?«

»Das sind gesunde Beeren und Algen. Grad jetzt in der Erkältungszeit. Also, hier haben wir die Granatapfelkerne, dann hier die ungeschwefelten Rosinen. Die hab ich für die unverbesserlichen Leckermäuler unter euch hingestellt, weil Fruchtzucker eigentlich auch ungesund ist …«

»Ich!«, ruft Susanne, »Ich bin ein unverbesserliches Leckermaul. Und wo sind die Schaumerdbeeren?«

»Die sind dieses Jahr durch diese herrlichen Gojibeeren ersetzt worden. Die stecken randvoll mit Eisen, Vitamin A und C und Antioxidantien, die den Alterungsprozess deiner Haut verzögern, Susanne.«

»Was? Das Zeug? Dann will ich lieber alt aussehen.«

»Ja, wie du willst. Wunsch ist ja bereits erfüllt. Und hier haben wir die wunderbaren Acai-Beeren, die dem Stoffwechsel Beine machen. Nicht zu viele essen, Mädels, manche haben Pestizide in sich.«

»Was? Warum gibt es keine Marshmallows? Die haben garantiert keine Pestizide in sich.«

»Nein«, lächelt Elke milde, »da kann kein Pestizid überleben. Ich mein es nur gut mit euch. Hier nehmt von den Aronia-Beeren. Kommen aus Nordamerika, aber man isst sie gerne in Russland. Vorsicht: ein wenig bitter.«

Sylvia spuckt eine Aronia-Beere aus. »Pfui Teufel. Ein Volk, das diese Beeren gerne isst, hat Putin verdient!«

»Dann bedient euch bei den Acerola-Beeren oder nascht nach Herzenslust von den eingeweichten Chia-Samen. Die sind randvoll von Omega-3-Fettsäuren.«

»Wir wollen aber genau die fiesen Fettsäuren und giftigen Farbstoffe, die in Brausestäbchen vorkommen. Und in Schokolinsen.«

»Die Mehlbeeren aus Schweden sind …«

»Nix. Ich brauch jetzt ein Stück Frankfurter Kranz oder ich tu deiner Katz was Fieses an. Und hinterher will ich ein Baiser. Mit Sahne. Und eventuell mit Vanilleeis.«

Elke steckt sich provokativ ein paar Algen in den Mund. »Hmm ... frische Algen. Für die Leber gut! Probiert mal«, murmelt sie störrisch. »Ich hab das alles extra geholt, weil ich euch so gut leide kann und will, dass ihr gesund bleibt.«

»Elke, wenn du wieder Geburtstag hast, bitte servier Sache, so als ob du uns net leide könntest und uns e baldiges Ende wünschst, ja?«

»Halt. Wo geht ihr hin, warum geht ihr alle, wohin geht ihr? Gerda?«

»Zum Konditor Schwab vor.«

»Kann ich vielleicht mitkomme?«, fragt Manfred von der Couch aus.

»Okay, okay, ich geb nach ...«, ruft Elke ihren flüchtenden Gästen nach. »Ich bring noch ein paar original Mini-Mandeln raus. Koscher. Die kann man nur so knabbern oder in Müsli, sie sind nur aus Wasser, Mehl und ... hallo, hallo! Wie wäre es mit kandiertem Hanf?«

»Hanf?«, fragt Gerda mit geschlitztem Blick.

»Schnell!«, wispert Manfred. »Nix wie raus.«

Meet and Greet

Es gab eine Zeit, da war eine noch junge, attraktive Sylvia die rechte Hand des Chefs.

Dann gab es irgendwann noch eine weitere, eine linke Hand des Chefs, allgemein »Ramona, die Schlampe« genannt, und dann tauchte auf einmal ein Juniorchef auf, frisch aus der Wirtschaftsuni, und der hatte eigene rechte und linke Hände, und Sylvias Chef wurde erst der »Seniorchef«, dann der »Alte« und schließlich der »frühere Seniorchef«, der noch »ganz selten mal reinschaut«.

Sylvia wurde zurück ins Glied der anderen kaufmännischen Angestellten beordert und mit Hilfe einer Psychologin, eines Coachs und etlicher neuer Handtaschen erkannte sie, was viele andere vor ihr erkannt hatten: »So ist das Leben!«

Aus der allerersten Zeit als rechte Hand war ihr aber noch ein Privileg geblieben: Wenn der Alte Karten für Veranstaltungen bekam und sie selbst nicht wahrnehmen konnte, dann schenkte er sie mit einem traurigen Erinnerungsseufzen an frühere Zeiten »seiner Sylvia«.

So auch bei einem Konzert, das alle Grenzen sprengt: Megastar Helene Fischer. Mannheim SAP-Arena. Dritte Reihe, Mitte. Sylvias Herz jubelt. Dann tiefe Trauer.

Am 13. Dezember! Sylvia kann es nicht glauben. Da hat ihre greise Mutter Geburtstag. Rund. Mist. Mist. Mist.

Helene Fischer. Helene. Fischer. Göttin. Königin. Freikarte. Mit Meet and Greet.

Eine Welle von Barmherzigkeit erfasst sie plötzlich. Sie ist ein guter Mensch. Sie wird diese Karte an ihre Mädels verschenken und wird dafür immer in ihren Herzen verankert sein. Aber jede wird sich draufstürzen und die Wochen bis zum Konzert mit Kleiderkauf verbringen. Sie werden alle Helene meeten und greeten wollen. Wer wollte das nicht? Eisige Angst greift nach Sylvia. Wem die Karte geben? Wie tödliche Feindschaften vermeiden?

Lore glücklich machen?

Lore ist zwar nicht die Klügste, aber eigentlich ihre beste Freundin. Aber Gerda ist hier unten doch alleine und darauf angewiesen, dass sie ein bisschen rauskommt. Ingrid kann die Berührung von Magic Fischer brauchen, um endlich über ihre gescheiterte Ehe hinwegzukommen, und Johanna-Marie würde sich ebenfalls über einen Abend freuen, an dem sie was anderes sähe als den Haaransatz von Torsten, der sich über seine Tastatur beugt.

Ach, Elke! Elke kümmert sich immer um alle und alles. Susanne wäre natürlich total begeistert. Sie sieht sich selbst als Showkünstlerin, weil sie ab und zu in der »Futterschüssel« aus ihren Hundebüchle vorträgt. Garantiert, Sylvia kichert, würde sie Frau Kollegin zu »La Helene« sagen.

Sylvia geht in sich, denkt lange nach und beschließt schlussendlich, dass sie die Karte verlosen wird. So wird es zwar Neid geben, aber vielleicht keinen vernichtenden Hass.

Sie malt schöne Kärtchen. Auf fünf Kärtchen schreibt sie »Leider verloren« sowie einen traurigen Smiley, auf ein Kärtchen malt sie »Hurra!«, schneidet das Gesicht von Helene aus der Fernsehzeitschrift aus und klebt es auf.

Der »Solo-am-Sonntag«-Stammtisch tagt zunächst ganz harmlos. Der Wurstsalat Gartenart mit Rettich, Radieschen, Gurken und Tomaten mundet ganz ordentlich. Es fällt kaum auf, dass nur Spurenelemente von Wurst darin sind.

Sylvia atmet tief ein. »Ich habe eine Überraschung für euch. Eine von euch wird gleich sehr glücklich sein. Ja, ich habe eine wunderbare Karte, eine Konzertkarte für euch. Helene Fischer, ja, kein Scherz, am 13. Dezember in Mannheim. Aber, stopp, bevor ihr jetzt übereinander herfallt, es wird ein Losverfahren geben, wer die Karte bekommt. Auf diese Weise kann sich keine beschweren.«

Sylvia sieht sich um. Stolz.

Lore räuspert sich verlegen. »Eigentlich ... also, wenn ich ganz ehrlich bin ... Ich geh gar net so gern zu der. Die ist mir zu schlank und zu schön. Da krieg ich Komplexe. Wie kann mer denn so aussehe?«

»Was? Wieso?«

»Danke für das freundliche Angebot, aber ich gehe auch nicht. Die Person tritt halbnackt auf. Das ist mir zu gewagt!« Gerda will noch anführen, was der gute Pastor Jan Stüveking zu Helene Fischer meint, doch es fällt ihr nichts ein.

»Du, sei net bös, aber ich bin Andrea-Berg-Fan!«, sagt Susanne achselzuckend. »Die rockt einfach mehr, und Andrea-Berg-Fans gehen niemals zu Helene-Fischer-Konzerten. Das ist eine Art Ehrenkodex.«

»Mei Kinner lynche mich, wenn ich zu Helene Fischer geh!«, sagt Elke bedauernd. »Die ist absolut nicht angesagt bei der Altersklasse.«

Johanna-Marie verlegen: »Also, ich möchte eigentlich auch nicht. Schlager ist nicht meins. Torsten hat ein neues Klassikprogramm runtergeladen und da arbeiten wir uns gerade ein, wir haben gerade Mozart entdeckt, der uns gut ...«

Sylvia kann es nicht fassen. »Mozart, die Mumie! Und den habt ihr jetzt erst entdeckt? Das hier ist mit Meet and Greet! Wisst ihr überhaupt, was das bedeutet? Ihr könnt die Göttin der Schlagermusik treffen, sie berühren, anfassen, vielleicht sogar mit ihr sprechen, paar Worte nur, aber immerhin ...«

Schweigen in der Runde. Keine hat offenbar Lust auf Göttinnendienst auch Ingrid winkt ab.

Sylvia wird endgültig sauer. »Gut. Also, dann machen wir jetzt trotzdem mein Losverfahren und wer Helene zieht, muss auch zu Helene gehen. Unglaublich. Ihr undankbare Brut!«

Und malt heimlich noch einen traurigen Smiley auf das Los mit Helenes Gesicht.

Vernissage

»Ich helfe einer Freundin am nächsten Sonntag bei ihrer Vernissage! Es kann also sein, dass ich später zum Stammtisch komme«, erzählt Sylvia wichtig.

»Oh, schad!«, macht Lore.

»Ja, wenn sich noch hinterher interessante Gespräche ergeben. Mit den anderen Künstlern und den Kunden und den Kaufinteressierten. Jetzt vor den vielen Festtagen wird gerne Kunst gekauft.«

Sylvia tupft sich fein den Mund mit der Serviette ab. Es hat Roten Wurstsalat gegeben. Rote Beete, rote Zwiebeln, Blutwurst und Tomaten. Alles gut und schön, doch die Welt der Kunst ist nun mal ein anderes Universum.

Die Vernissage »Kunst aus Kaffee« findet in einer neuen Galerie namens X 1000 statt. Ein wenig verlockender Name, findet sogar Sylvia, doch sie hat der Künstlerin, Walburgis von Wonnerode, einer affektierten Tennisbekanntschaft mit strohigem Haar und kleiner randloser Brille, sogar versprochen, beim Sektausschank für die Gäste zu helfen.

Das wäre nicht so schlimm, wenn es nur Gäste gegeben hätte, die Sekt hätten trinken wollen. Doch die Galerie X 1000 war so leer, als habe die Polizei sie nach einer Bombendrohung geräumt.

Walburgis befingert hektisch die Flaschen. »Ist der Sekt auch kalt?«

»Ja, alles in Ordnung«, beschwichtigt Sylvia.

Walburgis hängt ein Bild aus Kaffeefarben gerade. Es stellt nichts dar und soll deshalb 634 Euro kosten.

»Also, es sind ja jetzt noch nicht so viele Leute da«, sagt die Künstlerin.

»Nicht wirklich. Aber das wird!«, beschwichtigt Sylvia optimistischer, als sie sich fühlt.

»Ja? Also, der Horst kommt noch. Nur später.«

»Das macht ja nichts. Hauptsache, er kommt!«

Walburgis eilt zur Tür und öffnet sie.

Spricht ins Freie. »Ja? Die Lilly und der Marius haben fest zugesagt. Ich weiß gar nicht, wo die bleiben. Maria und ihr Freund haben noch einen Termin, danach laufen die zwei garantiert noch ein. Ich kenn die doch. Daggi und Pete müssen erst den Hund wegbringen. Zum Sitter.« Sie dreht sich um, blickt in die menschenleeren Räumlichkeiten.

»Ja, das kann dauern.« Sylvia tröstet.

»Ja? Und die Ann-Kathrin kommt aus Mannheim. Die kann Stau haben.«

»Das kann gut sein. Aber der löst sich ja auch mal auf.«

»Ja?«

Walburgis geht jetzt ganz hinaus auf die Straße und sieht sich nach rechts und links um. Geisterhafte Leere. Sie kehrt wieder zurück.

»Frau Dr. Mähling und ihre Tochter haben *zwei*mal nach der Adresse gefragt. Die kommen mit Sicherheit.«

»Natürlich. Sonst hätten sie ja nicht gefragt. Zumindest nicht zweimal.«

Walburgis nimmt die Preiszettel von den Bildern weg. »Ja. Meine Kunst lässt sich nicht in Ziffern aufwiegen. Da ... ich höre Schritte.«

Ein alter Mann schlurft die Straße entlang.

Walburgis macht erneut die Tür weit auf. »Möchten Sie zur Vernissage?«

Der alte Mann sagt mit leichtem Akzent: »Nein! Ich gehe zu meinem Stammtisch.«

»Ja? Nun, hier, ein Flyer, bringen Sie Ihren Stammtisch ruhig mit.«

»Wir sind Syrer. Wir spielen samstagmittags Backgammon!«

Walburgis reißt ihm den Flyer aus der Hand. »Dann nicht. Gehen Sie bitte weiter. Sie versperren ja den Eingang.«

Walburgis kehrt empört zurück.

»Er hat aber sehr interessiert geschaut«, sagt Sylvia schwach.

»Ja? Aber der kauft nichts. Ein Syrer! Also, meine Schwester und ihr Mann fehlen bei so was nie. Ich ruf mal an, ob die schon losgefahren sind.«

Walburgis fingert ein Handy raus. Es läutet irgendwo in einem leeren Raum. »Siehst du, die sind schon weg.«

»Wohnen die weit?«

»Nein, hier um die Ecke.«

»Dann müssen sie eigentlich schon fast da sein.«

Walburgis hängt ein kaffeefarbenes Machwerk ab. »Mein Lieblingsbild. Das stellen wir mal nach hinten. Nicht, dass sich jemand ausgerechnet in das verliebt. Unverkäuflich.«

»Das war klug von dir!«

Walburgis schaltet die Kaffeemaschine aus und wieder an.

»Ja? Mein Ohrenarzt hat auch fest versprochen zu kommen. Mit seinem Mann. Der ist Musiker in Bretten und wollte die Laudatio halten. Ich frag mich, wo die zwei bleiben.«

»Bei einem Arzt kann immer ein Notfall dazwischenkommen«, tröstet Sylvia und räumt ein paar Sektgläser wieder zurück in den Schrank, der rechts neben der weit geöffneten Tür steht.

»Warum machst du das?« Walburgis sticht mit einem dürren Zeigefinger nach Sylvia.

»Nun, wir haben 100 Gläser. Meinst du nicht, dass die Hälfte reicht?«

»Wieso denn das?«

»Naja, die Vernissage hat vor einer Stunde begonnen und es ist eigentlich noch niemand so richtig da …«

»Kein Wunder«, keift Walburgis. »Wenn man jemanden dabeihat, der so negativ ist wie du!«

Vandalismus lohnt sich

Ingrid hat sich ein neues Hobby zugelegt. Sie fotografiert.

Knipst alles und jeden und alle müssen die Bilder am Stammtisch bewundern.

»Das ist also … Schieb doch mal den Wurstsalat zur Seite … hatten wir den nicht schon mal, mit den Gurken und den Zwiebeln? … Also hier ist der Baum vor meinem Fenster am Morgen, hier am Nachmittag und das hier ist er nachts.«

»Ingrid, da sieht man doch gar nichts!«

»Das ist halt geheimnisvoll. Und grad jetzt, wo er kaum noch Blätter hat.« Ingrid wirft das Haar kreativ aus dem Gesicht. »Bei Tag fotografieren kann jeder!«

Das stimmt zweifellos. Der Stammtisch verstummt.

Beim Fotografieren handelt es sich nämlich um ein Hobby, das man ziemlich einfach, und ohne einen blöden Kurs belegen zu müssen, ausüben kann: Einfach auf einen Knopf drücken und schon hast du was geschaffen, das du anderen Leuten zeigen kannst!

Entstanden ist die Idee für diese neue Passion, als Ingrid sehr viele Selfies von sich machte, auf denen sie mithilfe ihres Friseurs und einer Kosmetikerin atemberaubend aussah. Diese Selfies stellte sie dann auf ihren Facebook-Account und hoffte, dass ihr entsprungener Gatte Ralf sie sähe und daraufhin schleunigst zu ihr zurückkäme, weil sie doch so schön war.

Bis jetzt war auf Facebook noch nicht viel passiert, außer dass ein paar schräge Typen mit komischen Namen in schlechtem Deutsch behaupteten, sie liebten sie abgöttisch. Die anfangs geschmeichelte Ingrid war zeitraubend mit dem anschließenden Entfreunden dieser Fantasiefiguren, die meistens in Malibu oder Edinburgh zu Hause waren, beschäftigt.

Aber wenn sie schon so viel Talent hat, könnte sie ja auch andere Sachen fotografieren und diese dann vielleicht verkaufen, denn Geld braucht die Geschiedene immer.

Ingrid, im Grunde einfallslos bis auf die Knochen, fotografiert also hinfort haufenweise Blümchen oder Gräschen und Bäume. Die Erzeugnisse ihrer Kunst lässt sie beim Drogerie-Markt auf Leinwand aufdrucken und bietet sie überall zum Erwerb an: »Nur 50 Euro! Unikate. Sehr dekorativ.«

Die Leute staunen durchaus über die schönen bunten Blumen in Nahaufnahme, bewundern die Bäume und die Blütenranken an Eingangstoren, unterdrücken dann aber ein Gähnen und lügen, es sich überlegen zu wollen, ob sie ein solches Meisterwerk zu Hause haben möchten.

Niemand meldet sich jemals mehr. Kein Mensch will bunte, nette Blumenfotos kaufen. Wer ein buntes, nettes Blumenfoto möchte, kann es sich selbst knipsen. Digital sowieso.

Ingrid ist nun verbittert über die hohen Investitionskosten.

So schöne Bilder! Rosen mit Verblüheffekt. Lilien im Wind. Nelken von oben als Farbenmeer. Frauenmantel mit den Tautropfen. Warum keiner diese herrlichen Bilder käuflich erwerben will?

Damit sie das Eurograb nicht dauernd sehen muss, wird sie die Leinwände bei ihrer Schwester, die ein Haus besitzt, in den Keller stellen. Sie lädt die Leinwände in ihr kleines Auto auf den Rücksitz, verstaut noch ein paar Altkleider im Kofferraum, die sie gleich ihren Nichten andienen kann und ... vergisst abzuschließen.

Morgens wird sie von den Nachbarn gegenüber geweckt. In ihr Auto sei eingebrochen worden. Kleider rausgerissen, alles durchwühlt. Und Vandalen hätten sich an ihren Leinwänden vergangen. Manche hätten Schnitte wie von Messern, manche Zigarettenlöcher, über manche hatte man Farbe gesprüht oder Schlimmeres.

Ingrid stürzt zu ihrem Auto. Prallt zurück. Tatsächlich.

Die schönen Blumenbilder sind mit Lippenstift beschmiert oder mit Kajal überkritzelt.

Ingrid trauert kurz, beschließt dann, ihre zerstörten Träume vom großen Künstlergeld zu begraben und die Leinwände wegzuwerfen.

Oh, Ingrid ahnt durchaus, wer der Anführer der Übeltäter ist. Benjamin, verrufener, vorbestrafter Sohn einer wirrhaarigen Alleinerziehenden ein paar Häuser weiter. Ein fieser junger Mann mit öligem Haar und hinterhältigem Blick, der eine Reihe ähnlicher Figuren um sich versammelt. Sie sehen alle aus wie Leute, die alte Frauen bestehlen, Katzen klauen oder ersatzweise quälen und Balkonmöbel entwenden, wenn die Leute in Urlaub sind. Sie machen sich zweifellos auch an Autos zu schaffen.

Ingrids Fotos sind jedenfalls ruiniert und müssen weggeworfen werden. So fährt sie zur Schule zwei Straßen weiter, hält an den großen Mülltonnen davor, wo sie manchmal heimlich Sachen entsorgt. Sie macht den Kofferraum auf, wuchtet die Leinwände heraus.

Plötzlich Schritte, eine tiefe Stimme. »Halt, was haben Sie denn da in der Hand?«

Ingrid schuldbewusst: »Ich mache das sonst nie, nur heute, da ist in mein Auto ...«

Die Stimme gehört zu einem großen Mann mit Bart. »Zeigen Sie mal ... aber das ist wunderbar! Hochinteressant! Falsches Idyll, entfremdet. Wer hat das geschaffen?«

»Was?« Ingrid starrt auf die Leinwände in ihrer Hand und ihrem Kofferraum.

»Diese wunderbaren Fotos, konzeptionalistisch und fast minimalistisch und auch irgendwie von gewalttätiger Kraft. Vergewaltigte Natur. Nicht dieser bourgeoise Blümchenkitsch, so wie ... ach, was für tolle Blüten. Ekelhaft, mich würgt ... Wunderbar, diese Übelkeit! Gestatten, Albrecht von Fronius, ich bin Kunstlehrer am Gymnasium, aber nur mein Broterwerb. Eigentlich habe ich eine kleine Galerie. Das da ist reine

Concept Art, critical view. Gefällt mir sehr, sehr gut. Und das da. Mit den Zigarettenlöchern. Das ist siebziger Jahre. Macht kaputt, was euch kaputt macht. Und so etwas im konservativen Baden, man glaubt es nicht. Ein Student von der Hochschule? Kennen Sie ihn? Können wir einen Termin ausmachen? Ich möchte der Erste sein, der sie zeigt. Hat der Künstler schon Preisvorstellungen?«

Ingrid sieht die fiese Clique rund um den missratenen Benjamin vor sich. »Bestimmt.«

Von Fronius fingert eine Visitenkarte hervor, mit der Mahnung, sie bald, gleich, unverzüglich zu benutzen.

Zu Hause stellt sich Ingrid wild entschlossen vor die verbliebenen Blümchenfotos, ausgerüstet mit Feuerzeug, Kerze, Rasiermesser, Schere und anderen Folterwerkzeugen. Ran ans Werk.

Kunst schaffen.

»Nein, nein!«, sagt Fronius zwei Tage später und ringt seine schmalen Künstlerhände. »Gnädige Frau, diese neuen Arbeiten haben etwas Gewolltes, etwas Geplantes. Bitte bringen Sie mir mehr von der ersten Serie. Ich liege vor Ihnen auf den Knien!«

Tags darauf klingelt Ingrid bei der wirrhaarigen Schlampe drei Häuser weiter. Sie lächelt und zeigt Zähne wie ein Haifisch.

»Könnte ich bitte mal den Benjamin sprechen? Er ist nicht da? Er soll mich nachher noch besuchen kommen. Und ... er soll sein Messer und seine Zigaretten nicht vergessen. Wir beide haben eine Menge zu tun.«

Lore bildet sich

»Habt ihr den Artikel in der ›Zeit‹ gelesen? Über die Flüchtlinge? Also, den fand ich sehr fundiert«, sagt Susanne wichtig.

Doch Johanna-Marie kontert: »Torsten und ich sind ganz der Meinung dieses ›Spiegel‹-Redakteurs, dass kein Mensch seine Heimat gerne verlässt. Und mir tun diese Menschen leid. Jetzt, wo es kalt wird.«

Sylvia hält es mit der »Süddeutschen« und Elke wirft den »Stern« ins Rennen.

Gerda versucht, die protestantische Bibel als Druckerzeugnis ins Spiel zu bringen: »Sie säen nicht, sie ernten nicht, doch der Herr, unser Gott, ernähret sie alle!« oder so ähnlich.

Es wird protestiert, doch erst einmal nährt Schorsch den Stammtisch, indem er einen Wurstsalat Schottische Art serviert, in dem sich logischerweise keine Wurst befindet, sondern nur Kartoffeln und Bohnen. Es bleibt schleierhaft, was den Salat zum Wurstsalat macht.

Bei all den Meinungen und Zeitungen bleibt Lore auffallend still. Und das hat einen Grund.

Lore hat nämlich ein kleines, hässliches Geheimnis, das sie allerdings mit Millionen von Deutschen teilt: Sie liest die »Bild«-Zeitung. Da sie eine gute Seele ist, führt sie nämlich ganz früh morgens Turtur, den winzig kleinen Hund einer Nachbarin, aus. Dieser Spaziergang führt sie zu einem Schreibwarenladen, in dem ein maulfauler Grieche ständig muffig sein Geld zählt. Dort kauft sie die Zeitung und verschlingt sie anschließend beim Frühstück.

Susanne, die einmal mittwochs zu Besuch bei Lore ist, ist entsetzt. Als Intellektuelle muss sie da sofort einschreiten.

»Was? Ich glaub es nicht. Was ist das denn da in deiner Papiertonne? Lauter ›Bild‹-Zeitungen?«

Susanne hofft auf eine harmlose Erklärung, doch Lore trotzt. »Ich hab mei Gründ.«

»Um die ›Bild‹-Zeitung nicht nur zu lesen, sondern auch noch zu *kaufen*! Lore! Was können das für Gründe sein?«

»Ja. Ich steh dazu. Des ist aktueller Journalismus. Mer kriegt alles aus erster Hand. Der Chef, ein gewisser Herr Döpfner, geht in Urlaub mit der Kanzlerin. Des is gar net weithin bekannt, aber *ich* weiß es.«

»Was ist denn in dem Revolverblatt aktueller Journalismus?«

»Die Nachrichte. Die Berichte. Mich interessiert des ebe. Mer muss es halt hinnerher für sich selber nochmal aufarbeite.«

Susanne rauft sich die Haare. Sie ist Autorin. Wenn das einer rauskriegt, mit wem sie da verkehrt!

Sie reißt Lore eine dünne Zeitung aus der Hand, bevor diese das Beweismittel zerstören kann.

»Nicht wegwerfen. Halt. Was hat dich an dieser uralten ›Bild‹-Zeitung beispielsweise interessiert?«

»Da ware sehr viele Artikel drin, die …«

»Ach ja? Also, Titelseite: *Milliardär kauft Hitlers Bronzepferde.*«

»Naja, das ist doch interessant. Diese riesigen Pferde. Also, die vom Hitler. Allein, dass er solche Pferde hatte …«

»Und dass jemand diese Scheußlichkeiten kauft! Vergiss es. Und was sagt dir folgende Meldung: *155 Patienten starben dieses Jahr schon in Berliner Krankenhäusern an Behandlungsfehlern.*«

»Was für e interessante Zahl. Des kann jedem zustoße. Grad in unserem Alter. Da muss mer schon informiert sein.«

»Wie aufbauend. Weil wir auch mitten in Berlin leben! Und hier: *Lamm aus dem Puff befreit.* Ein Lamm, man höre, ein Lamm wurde aus einem Puff befreit! *Ein Prostituierter namens Ladyboy (25) hat das Lamm mit zu seinem neuen Arbeitsplatz in einem Münchener Bordell gebracht. Es war nichts Sexuelles, sagt die Bordellbetreiberin. Das Lamm war für ihn ein Haustier und ein christliches Symbol.*«

»Ich interessier mich nun mal für Tierschutz!«

»Aha. Vor allem für den im Bordell. Und hier, das ist dann wohl auch was für dich: *Plastik-Storch zieht echte Küken groß.*«

»Den Artikel fand ich ganz besonders interessant«, behauptet Lore, »das macht man, damit sie sich nicht an Menschen gewöhne. Ich mag halt alle Tiere.«

»Und ich mag Pizza. Welchen Informationsgehalt hat deshalb beispielsweise die Meldung: *Pizzabote überfallen. Sportschuhe geklaut*. Aha, hier steht, dass in Berlin ein Räuber einen Pizzaboten überfalle hat, um ihm die Sportschuhe auszuziehe. Die Pizza hat er aber liege lasse.«

»Toller Artikel. Des ist e kritische Stellungnahme gege den Markenwahn bei der Jugend«, erfindet Lore blitzschnell. »Davon sin bekanntlich vor allem Sportschuh betroffe.«

»Lore! Aber hier: *Berühmte Moorleiche aus Dänemark ist eine Deutsche*. Na, da sind wir Deutsche aber froh. Guck dir die mal an! Da möchte mer die Staatsangehörigkeit wechseln.«

»Hab ich schon genau angeguckt. Des fand ich besonnerst interessant. E Deutsche in Dänemark un was die so alles erlebt hat, seinerzeit.«

»Die ist vor tausend Jahren einfach so blubbernd im Moor ersoffen, Lore. Ist doch egal, welchen Pass die hatte! Lore, diese Zeitung meldet nur unwichtigen Ballast für dein armes, überfordertes Hirn!«

»Nee. Da gibt's auch Sache aus de Weltpolitik. In Riad, schau hier, gab's en Anschlag auf eine Moschee.«

»Was du net sagst. Ich kann heute Nacht net schlafe! Wo es im Arabischen auch sonst kaum Anschläge gibt!«

»Mach dich ruhig lustig. Wenn die Isis-Krieger hier nach Baden komme, erfahr ich des lang vor dir. Aus der ›Bild‹-Zeitung.«

»Lore! Und hier kommt Lyrik vom Feinste. *Zoff im Krüger-Nationalpark: Kroko frisst Gnu, Hippo kommt dazu*! Lore!!!!«

»Mir hat des süße, arme Gnu so leidgetan. Da sieht mer mal hinner die grausame Kulisse von dene Zoos.«

»Oh je. Ach, und noch was für dich als Tierfreundin. Es gibt neue, gerade frisch entdeckte Tierarten: *Neue Gruseltiere gefunden: der Architektenfisch und die Flick-Flack-Spinne.*«

»Ja, die überschlägt sich in Gefahr mehrmals. Faszinierend. Was mer alles lernt in der ›Bild‹-Zeitung! Drum kauf ich se.«

»Die Zeitung ist nur was für Deppen!« Susanne wirft die dünnen, knittrigen Blätter wütend zu Boden.

Dann stutzt sie. Sammelt die Zeitungsblätter wieder ein, streicht sie glatt. Da steht etwas Wichtiges: *Heimliche Bestseller: die Hundebücher von Susanne Löffler. Wir sagen wow!*

Susanne zuliebe gibt Lore endlich nach: »Okay, ich werf sie weg. Gib her.«

»Nein, also ausnahmsweise. Diese hier kannst du mir mal geben. Als Anschauungsmaterial, wie eklig sie ist. Pfui. Pfui. Pfui.«

Und Susanne lässt die »Bild«-Zeitung blitzschnell in ihrer Handtasche verschwinden.

»Wenn *du* mal in so einer Zeitung erwähnt wärst, würdest *du* sie auch lesen!«, sagt Lore. »Aber das passiert ja nie!«

»Nie!«, sagt Susanne frohlockend. »Nie!«

Die Einladung

Schorsch, der derzeit noch die »Weinle« und den Wurstsalat Kikeriki – mit Geflügelwurst – an den Stammtisch bringt, hofft eines Tages eine eigene Kneipe zu haben. Deshalb spitzt er die Ohren, wenn Elke ihre Kochtipps zum Besten gibt.

Elke schwärmt: »Ein richtiges Wiener Schnitzel ist eine Kunst. Die Panade eines Wiener Schnitzels muss Blasen schlagen. Sie darf nicht kleben, sie muss quasi nur locker umhüllen und bei der ersten Berührung mit der Gabel leicht aufbrechen. Und ich sage euch, was das Geheimnis ist. Etwas Milch unter das geschlagene Ei rühren ...« Jäh bricht Elke ab.

Schade, denkt Schorsch.

Hundebuchautorin Susanne Löffler nähert sich atemlos wie oft dem Stammtisch. Und Susanne hasst bekanntlich Gespräche über Kinder, Enkel, Katzen und vor allem über Kochrezepte. Also ...

Schorsch öffnet vorsorglich schon mal eine neue Dornfelder Flasche.

»Schorsch, e Weinle bitte.« Und zu den Mädels: »Also, es tut mir leid. Ich kann net lang bleibe. Un nächstes Mal kann ich vielleicht auch net komme.«

»Warum net?«

»Weil ich mich vorbereite muss.«

»Worauf? Hast du e wichtige Lesung?«

»Wichtiger. E Einladung beim Verleger. Geburtstag. Des ist eine Ehre. Eine Riesenehre und ein Beweis dafür, dass er noch Größeres mit mir vorhat. Ich bin für ihn mehr als nur e Frau mit Hund. Weit mehr.«

»Un warum musst du dich da vorbereite?«

»Weil die Eingeladene net Frau Müller und Herr Meier sin, sondern Autore, Akademiker un Intellektuelle. Kei Leut wie … na ja, net wie normale Durchschnittsleut halt. Mein Gott, Mädels, des sin Leute, die Bücher schreibe und der Welt en geistige Stempel aufdrücke. Die tausche sich über das Weltgeschehen aus. Eurokrisen, die arabische Welt und die Krise in der jungen deutschen Literatur. Die Finanzengpässe bei deutsche Theater. Die Zusammelegung von Traditionsorchestern. Neue Wege in der Museumspädagogik. Fundierte Fakten. Da muss ich halt schon informiert sein. Des versteht ihr doch irgendwie, oder?«

»Wenn du meinst!« Elke wird ein wenig spitz. »Ich wollte gerade von einem einmalig guten Rezept für Wiener Schnitzel …«

»Bist du sicher, dass du zu so was eingeladen sein willst? Hört sich an wie e langweiliges Volkshochschulseminar, das zum Erwerb der Fachhochschulreife führt«, fragt Sylvia trocken dazwischen.

»Die habe alle studiert. Promoviert. Habilitiert. Emeritiert. Für mich ist so en Abend wie e Bad in purem Geist. Die ware alle neulich auf der Buchmesse. Überleg mal, was die für Leut dort getroffe habe!«

»Ich bad lieber in Lavendelschaum!«

»Mein Gott, Lore. Sei doch net so schlicht. Also, ich muss jedenfalls gehen. – Schorsch, ich zahl e Weinle!«

»Okay!« Elke wispert. »Das Geheimnis bei diesem Wiener Schnitzel ist, wie gesagt, die Milch und jetzt erzähl ich euch den Trick mit dem Ei genauer …«

Susanne erscheint etwas zu spät bei der Party von Dr. Adam Tschaikowsky, der bei Nennung seines Namens immer fein lächelt und andeutet: »Wahrscheinlich nicht verwandt, aber sein könnte es …«

Die Gäste sitzen in lockeren Intellektuellenpullis und Cordhosen um einen Tisch herum. Es wird offenbar bereits eifrig diskutiert. Stimmen, Meinungen und Erinnerungen an die Messe in Frankfurt fliegen hin und her. Susanne saugt alles ein.

Endlich eine Runde, in der sie sich als Gleiche unter Gleichen fühlen wird und in der Dinge besprochen werden, die im Universum einen nachhaltigen Klang haben.

Frau Tschaikowsky rückt zur Seite. »Setzen Sie sich, liebe Frau Löffler. Bei *dem* Namen können Sie uns gewisslich helfen. Das erste Kochbuch stammte doch von der sogenannten Löfflerin aus dem badischen Kürnbach, nicht wahr?«

»Gerne.« Susanne kennt zwar keine Löfflerin, aber wenn die Person hier bekannt ist, muss was an ihr dran sein.

Frau Tschaikowsky lacht wie eine Bergziege. »Wie lustig. Also, wir diskutieren gerade über die perfekte Zubereitung eines Wiener Schnitzels und sind auf der Suche nach einem Geheimtipp für die Panade. Da liegen wir bei Ihnen bestimmt richtig, nicht wahr?«

Alle starren sie an. Alle die Studierten, Promovierten, Habilitierten, Emeritierten.

Susanne durchforstet ihr Hirn nach den letzten Worten von Elke.

»Das Geheimnis ist …«

Weg.

Stumm und dumm schaut sie an dem Tisch herum.

Warum, denkt sie, warum kommt niemals irgendetwas im Leben so, wie man es erwartet?

Businessplan

Es ist November. Die Mädels am »Solo-am-Sonntag«-Stammtisch regen sich auf. Der Kapitalismus hebt doch immer noch sein bösartiges Haupt. Ungerechtigkeit feiert fröhliche Partys auf dem Rücken der Kleinen, Kleinsten und auf dem Rücken von Johanna-Marie, die es ja bekanntlich sowieso nicht besonders behaglich getroffen hat im Leben. Man denke nur an www.torsten.de.

Schon lange gefällt es Johanna-Marie nicht mehr auf ihrer Amtsstube im Einwohnermeldeamt und sie träumt von Freiheit und Kreativität. In bescheidenen Verhältnissen aufgewachsen, hat sie immer schon aus Altem Neues gemacht. Nun hat sie eine prima Geschäftsidee: Sie will an Sperrmülltagen ausrangierte Stühle suchen, sie individuell neu gestalten und die Ergebnisse dann teuer verkaufen.

»Ich schleif sie ab, mal sie an, beklebe sie. Das werde dann edle Designerstücke, um die sich bestimmte Kreise reiße.«

Die Mädels finden die Idee auch ganz gut, wenngleich sie alle schon Stühle besitzen.

»Schön, so ein individuell gestalteter Stuhl!«, meint Ingrid lustlos.

Johanna-Marie begibt sich frohgemut am darauffolgenden Dienstag zu ihrem Bankberater, der bisher immer freundlich zu ihr gewesen war. Schlau wie sie ist, reicht sie gleich einen ausgefeilten Businessplan ein, wie eine Geschäftsidee heute heißt.

Der Bankberater namens Muff – nomen est omen – studiert den Plan, schüttelt dann den Kopf und lehnt rundweg ab. »Da liegt kein Geld drin. Selbst wenn Sie die Zinsen zahlen können, wir bekommen das Kapital nicht mehr zurück. Sie haben ja keine Sicherheiten. Oder besitzen Sie Immobilien, von denen wir nichts wissen? Schmuck. Papiere?«

»Unmöglich«, zetert Johanna-Marie vier Tage später am Stammtisch und schiebt den Wurstsalat vegetarisch ohne Wurst, dafür mit Nudeln, Paprika und Äpfeln, zur Seite. »Sicherheiten! Wollt ich jetzt von dene etwa Millionen habe? Nein, einen kleinen Kredit für die Werkstatt, den Verkaufsraum, die Werbung und die Grundmaterialien wie Farbe und Schleifgeräte ...« Johanna-Marie unterdrückt ein Schluchzen.

Sylvia greift nach ihrer Hand und drückt sie. »Das ist so gemein. Dabei bist du eine grundsolide Person und hättest alles zurückgezahlt. Dein Geschäft würd blühe und diese Halsabschneider würde an dir verdiene. Ja, hahaha, wenn du bereits reich wärest, dann würdest du Geld ohne Ende bekomme. Das ist das Ungerechte. Sie lasse die Kleinen einfach net hochkomme. Wenn wir dir doch nur helfe könnte ...«

Alle nicken und Ingrid, sonst eigentlich nicht sonderlich sozial eingestellt, ballt sogar die Fäuste und richtet sie gegen die Ungerechtigkeit des Universums.

»Warum lässt er das zu?«

»Wer?«, fragt Lore.

»Gott natürlich!«, sagt Gerda pikiert. »Ingrid, diese ewige Menschheitsfrage, die schon der gute Pastor ...«

Ingrid verwirrt: »Ich dachte eigentlich mehr an den Filialleiter von der Sparkasse am Eck. Ich kenn den. Fieser Karrierist. Null Risikobereitschaft. Keine Visionen. Wir stehen zu dir, Johanna-Marie.«

»Ja, du bist so gut zu mir!«, schluchzt Johanna-Marie.

Zwei Wochen später lädt Ingrid am »Solo-am-Sonntag«-Stammtisch überraschend alle ein.

»Schorsch, Prosecco für alle!«

Der Grund dafür ist, dass ihre alte, alleinstehende Großkusine Horst – Horst war der Nachname, sie hieß Maria Genoveva Rosemarie Horst – ganz schnell und so vereinsamt gestorben ist, wie sie gelebt hat, und ihr 50 000 Euro hinterlassen hat.

»Gerade wollt ich ihr eine Adventskarte schreibe. Hab ich ja immer gemacht. Wie es sich gehört. Ich hatt sie ja seit Jahren nicht mehr gesehe, genau genommen hab ich sie überhaupt nur zweimal im Leben getroffe, aber offenbar hab ich Eindruck auf sie gemacht. Ich war halt ein schönes Kind.«

»Hat sie denn ein Testament gemacht?«

»Nein.«

»Dann hast du lediglich Eindruck auf das Nachlassgericht gemacht, denn wenn sie niemand hinterlässt, suchen sie halt auch in der weiteren Verwandtschaft. Schön oder nicht schön.«

»Egal. Ich glaub, ich kauf mir ein neues Auto.«

»Wie wäre es mit einer Handtasch? Ich könnte dich beraten. Prada hat derzeit sehr nette …«

»Ingrid!«, jubelt Johanna-Marie glücklich wie ein Kind. »Jetzt kannst du mir doch meinen Kredit gebe! Ich zahl dir die beste Zinse. Mehr als der Bank, den Gaunern, den halsabschneidenden Verbrechern. Sieben Prozent. Oh, das ist toll!«

Ingrid wiegt den Kopf. »Nun, so sollt mer net über deutsche Kreditinstitute spreche, Johanna-Marie. Weißt du, ich würd ja gerne, Johanna-Marie, aber die Zinsen alleine sind es ja nicht. Ich mein, ich will ja eines Tages auch mal das Kapital wiedersehe und ich glaub net, dass du mit alte bemalte Stühl so viel erwirtschaftest. Und du hast keine Sicherheite. Oder besitzt du eine Wohnung, von der wir nichts wisse? Oder Schmuck? Oder vielleicht Aktien? Dann könnte wir drüber rede, aber so … nein, da ist mir das Risiko zu groß.«

Da war der fiese Kapitalismus auch beim »Solo-am-Sonntag«-Stammtisch angekommen.

Kirchgang, zweiter Versuch

»Ich geh am nächste Sonntagmorge mal in die Kirch! Um zehn Uhr«, sagt Lore, die ja immer für eine intellektuelle Überraschung gut ist.

Blankes Entsetzen am »Solo-am-Sonntag«-Stammtisch, der gerade den Wurstsalat Istanbul mit Halal-Wurst und Oliven zu sich nimmt.

Sogar Schorsch an der Theke lässt das nicht mehr ganz saubere Küchenhandtuch sinken, mit dem er die Weingläser wienert.

»Wieso denn das? Bist du krank?«, fragt Susanne besorgt. »Es ist doch noch gar nicht Weihnachten. Erst in …«

Lore empört: »Muss man in diesem Land krank sein, wenn mer mal in den Gottesdienst gehe will? Auch außerhalb von Weihnachten.«

»Aber du warst doch noch nie in der Kirch, seit wir dich kenne!« Johanna-Marie wundert sich.

»Eben deshalb möcht ich ja jetzt gehe. Ich war immer irgendwie gläubig. Tief drin. Schon von der Oma her. Die war aus Freiburg unte.«

»Und warum? Warum jetzt? Ich mein, gibt es einen Anlass?« Elke macht sich Sorgen.

Lore antwortet feierlich: »Ich suche Einkehr und Frieden.«

»Warum kommst du mittwochs net mit in die Sauna?«, erkundigt sich die schicke Sylvia. »Jetzt bei der Kälte ist des herrlich!«

»Du kannst doch e Kirch net mit ner Sauna vergleiche!« Lore ist ganz aufgebracht.

»Schon. Ich find halt dort Einkehr und meistens auch Frieden!«

»Aber in einer Sauna waltet kein höheres Wesen.« Lore wirkt selbstzufrieden.

»Du kennst unseren Bademeister nicht!«, murmelt Sylvia und sieht vor sich den ölig glänzenden Muskelmann, wie er das Handtuch schlägt und die duftende Hitze verbreitet. Hmmm ... Diese Muskeln sind eine Sünde wert.

»Sauna hab ich auch in meiner Wohnanlag. Mer muss es nur zwei Tag vorher anmelde. Nein, nein. Gott weiß gar nicht mehr, dass es mich noch gibt! Ich will ihn an mich erinnern«, spinnt Lore den Faden weiter.

»Besser net. Das ist nämlich das Problem. Wenn du einmal gehst, musst du immer gehe, sonst hast du ein schlechtes Gewisse, wenn du einmal nicht gehst. Gehst du aber nie, hat er dich gar nicht erst auf der Rechnung, und du bist frei.« Susanne ist stolz auf sich. Hört sich fast philosophisch an.

»Als ich letzthin bei dem letzte offizielle Termin vom Markus aus der Hofgass war, hat der Pfarrer immer ›Mario‹ gesagt. ›Wir trauern heute um Mario Grauwinter.‹ Nicht Markus Grauwinter. Wenn ich mal beerdigt werd, will ich, dass man mich schon namentlich kennt. Da obe.«

»Oh, Lore, ich bin sicher, dass man dich ziemlich bald kenne lernt. Da obe! Oder da unne!«

»Jedenfalls hab ich gehört, dass ein Besuch im Gottesdienst eine Stunde beim Psychiater erspart«, murmelt Ingrid und rechnet sich aus, was sie sich für das gewonnene Geld kaufen würde.

Jetzt wird die Lore bös: »Ihr widder! Ich geh jedenfalls ganz ohne Hinnergedanke in die Kirch und so soll's sein. Mer geht seit Jahrtausende wege der reine Spiritualität. In meiner Wohnanlag gehe auch e paar Fraue regelmäßig und strahle alle was Friedvolles aus.«

»Ja, weil sie's bald hinter sich habe! Und wege dem Friede mach ich ja bei uns im Viertel Morgen-Yoga. Dienstags um 9.30 Uhr. Spiritualität für Hausfraue!«, erklärt Elke zufrieden.

Lore schüttelt den Kopf. »Yoga! Reine Modeerscheinung. Göttliches kann mer halt net kaufe und net in em Kurs lerne.«

»Der gute Pastor Stüveking hat gesagt: ›Gott straft die Abwesenden, denn sie sind voll Sünde!‹«, erklärt Gerda, steif wie ein Nordwind.

»Warum gehst *du* dann net in die Kirch?«, fragt Sylvia heiter.

»Weil ich den Ritus hier unten ablehne. Er ist mir zu locker. Beinahe frivol. Ich habe Leute lachen sehen. Im Gottesdienst!«

»Gott is Gott. Ob in Lübeck oder in Karlsruhe. Und dass Gott locker ist, wär mir persönlich neu.«

Susanne hebt das Glas Richtung Schorsch. Der versteht und schenkt nach.

Gerda, nordisch-protestantisch bis in die Knochen, schweigt und weiß, was sie weiß.

Schorsch läuft mittlerweile in der Kneipe umher und verteilt auf den Tischen bunte Zettel mit gezeichneten Brötchen drauf.

Darauf steht: *Nächsten Sonntag 10–12 Uhr im »Wurstsalat-Paradies«: Brunch mit Musik, gratis für alle Stammgäste anlässlich unseres 10-jährigen Bestehens.*

Jubel am Stammtisch: »Prima. Da kommen wir!«

»Wie viele Damen darf ich notieren?« Schorsch zückt das Blöckchen.

»Sylvia, Elke, Johanna-Marie, Gerda, Susanne und Ingrid. Sechs Frauen!«

»Und was ist mit mir?« Lore ist beleidigt.

»Lore, du bist doch um die Zeit in der Kirch. Sonntags zehn Uhr. Net vergesse.«

Lore holt verstohlen unter dem Tisch so etwas wie einen Terminkalender heraus, stöbert scheinbar darin. In Wahrheit ist es ein Fahrplanheftle.

»Ach«, sagt sie mit falscher, verlogener Stimme. »Das ist aber ein Zufall. Nächsten Sonntag ist gar keine Kirche. Komisch, oder?«

Alles Käse oder was?

»Allmählich hab ich genug von diesen Wurstsalaten, die sowieso oft keine sind!«, raunt Sylvia leise in die Runde, damit es Schorsch nicht hört. »Wir sollte mal auf Wurst verzichte. Zumindest privat. Und am Ende des Jahres ein gutes Zeichen für das nächste setzen. Was haltet ihr davon, einen lustigen Käseabend zu machen? Mag einer von euch mal einlade?«

Alle schauen weg. Keiner will einen netten Käseabend veranstalten. So kurz vor den Feiertagen hat jede anderes zu tun.

Doch eine meldet sich. Johanna-Marie hat nämlich beschlossen, sich zu emanzipieren, Torsten zu ignorieren, und spricht deshalb mit fester Stimme eine Einladung aus. Zum Wein-Mädelsabend mit Käse.

Alle freuen sich. Alle mögen Wein und alle mögen Käse.

Vielmehr, sie mochten Käse, bis das ewige Nordlicht Gerda erscheint. Gerda, die »hier unten« seit einiger Zeit ein geheimes Eigenleben führt, das sie in Volkshochschulkurse und zu Bridgetreffs führt. Sie hofft immer noch, ein paar Menschen kennenzulernen, die den Norden schätzen und kein Badisch sprechen.

Der herrliche Käse-Wein-Abend fängt eigentlich ganz gut an. Die Meute stürmt herein, bewundert die aufgeräumte Wohnung – »So ordentlich!« –, bedauert Gastgeberin Johanna-Marie, als sich die Tür zu Torstens Computerzimmer nach kurzem Gruß fest und für den Rest des Abends schließt, und erfreut sich sodann am Anblick der bunten Käseplatte, die herrlich üppig beladen auf dem Couchtisch steht.

»Hmm ... wunnerbar!« Elke will einen Camembert greifen.

»Halt!«, sagt Gerda streng. »Elke, womit willst du das jetzt essen?«

»Wie? Womit? Mit dem Weißbrot da.«

»Meine Beste, das ist Weichkäse, reift rasch, ist deshalb preiswert und ist schätzungsweise nur 20 Tage alt. Bedenke, dass er mehr als 25 Prozent Fett in der Trockenmasse hat, also nachdem man ihm das Wasser entzogen hat, wohlgemerkt. Aber darum geht es gar nicht.«

»Nein?« Elke legt das Stück ratlos wieder hin.

»Es geht um die Esskultur. Man sollte ihn unbedingt zu Walnussbrot mit Birnensenf essen. Hast du Birnensenf da, Johanna-Marie?«

»Nein, aber … Senf hätt ich. Vielleicht sogar noch en Rest Weißwurstsenf.«

»Weißwurstsenf? Gibt es so etwas überhaupt? Um Gottes willen. Tja, Johanna-Marie, schade, sehr, sehr schade. Dann kann man leider auch den Brie und den Limburger nicht essen. Mit Weißbrot entfaltet sich der cremige Geschmack einfach nicht.«

Alle nehmen also widerwillig Abstand von dem Camembert und wenden sich einem kleinen weißen Ding zu.

»Das ist Frischkäse«, verkündet Gerda. »Aufpassen. Er sollte unbedingt von der Ziege sein. Hast du darauf geachtet, Johanna-Marie? Man verkauft ihn in billigen Läden nämlich auch von der Kuhmilch und dann fehlt natürlich die typische säuerliche Note. Das kannst du dann vergessen. Igitt.«

»Hab ich jetzt nicht direkt drauf geachtet. Ich könnte aber aus dem Abfalleimer die Verpackung …«

»Nein, nein, lass doch. Wir haben ja noch den Sauermilchkäse hier, nicht wahr?«

»Sauermilch? Pfui«, meint Ingrid und betrachtet das gelbe, runde Ding mit Abscheu. »Mein Vater hat immer Dickmilch mit so einer Haut drauf gegessen. Kotz. Den kann ich nicht essen.«

»Nun ja, man muss ihn doch beim Namen nennen. Er ist halt aus Magermilch hergestellt«, belehrt Gerda sie. »Dafür hat er aber auch unter zehn Prozent Fett, was uns allen und unserem Cholesterinspiegel guttut, denn ihr hier unten seid schon ein wenig locker mit der Figur, nicht wahr? Johanna-Marie, der Kümmel fehlt und ich hätte gerne Knäckebrot dazu. Hast du Grauburgunder kaltgestellt? Das ist der Wein, der hierzu passt. Und nur der!«

»Ich hab nur Rotwein«, stottert Johanna-Marie. »Weil ich dachte, wir machen einen fröhlichen Käseabend!«

Gerda schüttelt den Kopf. »Tja, ihr hier im Süden seid schon ein wenig voreingenommen, was die schönen Weißweine angeht. Aber gut, wir müssen ja den Handkäse nicht essen. Da drüben befindet sich ja noch ein Schnittkäse. Halt, Susanne, nicht die Rinde mitessen. Bist du lebensmüde? Hier«, sie holt einen Zettel aus ihrer Tasche, »hab ich es schwarz auf weiß: Das Bundesinstitut für Risikobewertung empfiehlt, die Rinde einen halben Zentimeter tief abzuschneiden, denn sie ist nur zu oft mit dem Antibiotikum Natamycin behandelt worden.«

»Nata... was?«, stottert Lore entsetzt.

Johanna-Marie eilt in die Küche und holt ein größeres Messer.

»Halt«, kommt es wenig überraschend von Gerda. »Zeig mal das Messer. Nein, das geht nicht. Für Schnittkäse muss es ein Messer mit gerader Schneide und ohne Wellenschliff sein, das weiß doch jeder.«

Gerda fördert aus ihrer großen Tasche in hanseatischem Blau ein gerades Messer hervor. »So ein Messer. Und dann erst die Rinde längs einige Zentimeter entfernen, dann lassen sich leichter gerade Scheiben schneiden und es entsteht kein unschönes U im Laib.«

Elke geht in sich, wie oft sie ihrer Familie bereits ein unschönes U zugemutet hat. Kein Wunder, dass ihre Kinder schlecht in der Schule sind.

Gerda holt noch ein weiteres Messer aus den Untiefen ihrer Tasche. »Hier, nur damit ihr das bei eurem nächsten Einkauf bedenkt: Weichkäse zerteilt man mit diesem gelochten Spezialmesser. Seht ihr die Löcher? Ja, richtig. Durch die Aussparungen in der Klinge klebt der Käse nicht fest. Den Käsehobel für den Hartkäse habe ich zu Hause gelassen. Ich dachte, Johanna-Marie hat bestimmt einen, wenn sie zu einem Käseabend lädt.«

Verwirrung in der Runde.

»Und welchen Käs essen wir jetzt?«

Gerda lächelt. »Wir werden schon fündig werden. Schließlich gibt es weltweit 4000 Sorten und wir Deutsche verspeisen jährlich 25 Kilogramm. Jeder!«

»Aber net heut Abend, wenn's so weitergeht«, murrt Lore.

»Ich hätt noch einen Gouda im Kühlschrank!« Johanna-Marie wirkt verunsichert.

»Im Kühlschrank? Tststs. Hoffentlich hat er nicht etwas Geruch von dem Harzer angenommen.«

»Er wär in ner Box«, verteidigt sich Johanna-Marie, die eigentlich nur einen gemütlichen Käseabend machen wollte.

Gerda atmet tief ein. »Oh, Gott. Niemals in eine Box, Johanna-Marie.« Dann schüttelt sie traurig den Kopf. »Hast du ein Stückchen Aktivkohle in den Kühlschrank gelegt? Gegen den Geruch?«

»Kohle?« Ingrid wacht auf. »Wie viel?«

Gerda übergeht sie. »Wisst ihr überhaupt, warum Käse sti... riecht?«

Die Runde bleibt stumm.

Gerda deutet auf die Käseplatte: »Es sind die verschiedenen Bakterienarten. Allen voran das Brevibacterium linens oder auch Schimmelpilze. Sie zersetzen Milchzucker und Proteine des Käses und bilden dabei schwefelhaltige Verbindungen. Ich sage es ungern, aber das gleiche Bakterium ist auch für Käsefüße verantwortlich.«

Schweigen in der Gruppe. Alle finden es eklig.

»Na, nun hole mal den Gouda. Davon isst jeder Deutsche 3,7 Kilo im Jahr. Hoffentlich hat er nicht geschwitzt, denn er muss atmen, der Gouda. Gewiss hast du ein Stück Brot mit in die Verpackung getan, dann saugt es die Feuchtigkeit auf. Nicht? Hm, hm. Hol ihn mal ans Licht. Er reift nach und dann entfaltet er seine herrlichen Kräfte von Kalzium, Eiweiß und Magnesium.«

»Magnesium?« Susanne wacht aus einer Art Trance auf. »Das nehme ich jeden Tag als Sprudeltablette.«

Gerda lacht norddeutsch. »Brauchst du jetzt nicht mehr. Du wirst überhaupt nicht mehr so nervös sein, wenn du viel Käse isst. Denn wir finden auch Betakarotine und B-Vitamine in Käse. Und Vitamin B ist gerade für Frauen, die gerne trinken, wichtig. Du verstehst?«

»Nein«, sagt Susanne. »Und wenn ich es mir genau überlege, steht mir der Sinne heute gar nicht mehr nach Käse. Johanna-Marie, hättest du vielleicht e Stückle Lyoner da, oder so was?«

»Na, wenn ich so was höre. Nun haben wir uns doch einen richtigen, wie sagt ihr immer, lustigen Mädels-Käseabend vorgestellt. Da, probiert doch mal den Emmentaler! Wisst ihr, dass die Löcher entstehen, da das Kohlendioxid, das sich beim Reifen bildet, die Käsemasse nicht verlassen kann und sich in Blasen sammelt, die später zu Löchern aushärten?«

»Gerda?«

»Ja!«

Sylvia geht zur Wohnungstür und öffnet sie: »Das Kohlendioxid kann den Käse vielleicht nicht verlassen, aber du kannst uns jetzt sofort verlassen.«

»Warum denn?« Gerda schlüpft widerwillig in den bereitgehaltenen maritimen Blazer. »Ich wollte euch doch nur mit den Geheimnissen des Käses bekannt machen!«

»Manche Geheimnisse«, versetzt Sylvia trocken, »will man eigentlich gar nicht wissen.«

Ferien mit der Nichte

Kinderlose Frauen pflegen gerne ein Riesenaufhebens von ihren Patenkindern zu machen. Eine besondere Stellung nehmen dabei die Nichten ein.

Nichten werden gerne zu »Eigentlich-fast-wie-eine-Freundin-Wesen« hochstilisiert, gerne mal genüsslich gegen die eigentliche Mutter, oft die Schwester der Kinderlosen, ausgespielt: »Bei mir darf sie das natürlich. Naja, sie hat ja auch ein Riesenvertrauen zu mir.«

Dabei wird so bescheiden gelächelt, dass jeder weiß, sie will nichts als angeben.

»Das Kind, meine Nichte«, berichtet Ingrid am »Solo-am-Sonntag«-Stammtisch, nachdem der Wurstsalat Steirische Art mit Kürbiskernöl verzehrt ist, »ist zwölf Jahre alt und natürlich kein normales Kind. Sie ist hochbegabt. Ein Fast Kid. Schnellkind heißt das auf Deutsch. Und wenn man mit so einem Kind wegfährt, was ich nun vorhabe, tut man gut daran, sich vorzubereiten.«

»Hast du ausreichend Trinken eingepackt?«, fragt Elke, die echte eigene Kinder hat. »Die trinken wie die Fische!«

»Äpfel!«, empfiehlt Gerda, die keine Ahnung von Kindern hat. Sie hatte lediglich ihren Wellensichtich Michelangelo zu versorgen und der hatte nun mal gerne Äpfel gegessen.

»Spiele für im Zug!«, murmelt Lore verzückt. »Stadt, Land, Fluss. Ich war besonders gut bei G. Goldhamster, Goldschmied, Goldregen. Fluss: Ganges. Stadt: Gießen. Hatte sonst keiner.«

»Kein Wunder«, versetzt Sylvia, »da will man ja auch nicht tot über dem Zaun hängen.«

»Du willst nirgends über dem Zaun hängen ... nicht mal in Bad Herrenalb«, klagt Lore.

»Soll das ein Witz sein? Wo die Wiedergänger Kaffee trinken gehen!«

»Wir haben jedenfalls über den nächsten Advent für vier Tage eine Ferienwohnung bei Sankt Peter-Ording gemietet, in einem kleinen Ort. Das wird wunderbar. Jedenfalls habe ich mich auf ein hochintelligentes, wissbegieriges Kind vorbereitet.«

»Gut!«, lobt Gerda. »Warum verbringt das Kind diese Tage nicht in der Schule? Es sind doch noch keine Ferien?«

»Das Kind ist eben gerne mit mir zusammen! Und sie ist ein paar Tage freigestellt«, sagt Ingrid hastig.

Keiner muss wissen, dass ihre Nichte Schulausschluss hat wegen einer Sache, über welche die Eltern des Kindes nicht zu sprechen wünschen.

»Sie ist hochbegabt, Sie wird mich bestimmt Sachen frage, wie etwa was Fische trinke, wieso Steine übers Wasser springe, wie der Sand an den Strand kommt, wie Wellen entstehe, warum wir seekrank werde und was man in Muscheln hört. Warum das Meerwasser salzig ist, Sandburgen zusammenhalte, Wasser blau ist und unsere Fingerchen im Wasser verschrumpeln.«

»He? Fingerchen?« Sylvia lacht. »Wollt ihr die im Winter ins Wasser halte?«

»Ja, das ist ja das Schöne an der Nordsee.«

»Und du weißt das alles?«

»Klar. Bei einem Stein reagiert das Wasser auf die Störung am Aufschlagpunkt mit Druck von unte und wenn der stärker ist als die durch den Kiesel verursachte Krafteinwirkung von oben, prallt der Stein ab. Sonst würde er versinke.«

»Wow!«

»Wollt ihr auch all die anderen Sachen noch wisse?«

»Eigentlich nicht.«

Nach dem Kurzurlaub trifft man sich sonntags wieder, beim Genuss eines Wurstsalats Bremen, der aus kleingeschnittenen Fischfrikadellen auf Kartoffelsalat besteht.

»Und, hast du all dein gesammeltes Wissen rund ums Meer loswerde könne?«

Ingrid spielt auffallend intensiv mit ihrer Gabel, lässt sie fallen.

Schorsch springt herbei. Spitzt wie immer die Ohren.

»So ungefähr. Sie wollt auch viele andere Sachen wisse. Aber ein sehr interessiertes Kind. Hochbegabt.«

»Was wollte sie wissen?«

Ingrid seufzt.

»Ob es in dem Ort auch irgendwo süße Jungs gibt, wie man sie wohl aufreißt, ob ich ihr meinen Kajalstift leihe und wann ich endlich ins Kurkonzert geh, damit sie die Wohnung für sich und all die süßen Jungs alleine hat! Und ich soll klingeln, bevor ich reinkomm.«

»Donnerwetter. Die ist ja wirklich ein echtes Fast Kid, deine Nichte.«

»Ja, ich hab mir überlegt, bis zum nächsten gemeinsamen Urlaub lass ich etwas Zeit vergehe.« Sie blickt in die Runde. »Ich dacht da an etwa zwanzig Jahre!«

Eigentlich sollt mer dankbar sein

»Guten Abend, die Damen. Heute kurz vor Jahresschluss gibt es Wurstsalat Peking. Mit Glasnudeln und Sojasprossen«, sagt Schorsch zur Begrüßung, als der »Solo-am-Sonntag«-Stammtisch vollzählig versammelt ist.

Susanne ist angewidert. »Pfui. Hört sich eklig an. Trotzdem verdirbt mir das nicht die Laune. Also, wenn ich mich so umguck, dann weiß ich nämlich, dass ich eigentlich froh und dankbar sein kann, dass es mir so geht, wie es mir geht. Und ich dürft mich nie mehr über Alltagsproblemchen beklage. So wie es den anderen ergeht. Die Dora etwa ist letzte Woche ins Krankenhaus gekomme. Unklare Beschwerde. Kopfweh. Rückenschmerze. Schweißausbrüch. Das hat de Ärzt gar net gefalle. Großes Blutbild. Schlechte Leberwerte. Heute steht ihr deshalb eine Punktion ins Haus. Ich hab mal gegoogelt und zwar mit de Suchbegriffe ›Leberpunktion schmerzhaft‹ und tatsächlich kamen da so schreckliche Patienteberichte raus, dass es mir fast übel geworde is. So. Und jetzt schlaf mal mit dem Wissen, dass sie dir morgen e Stricknadel in den Bauch steche. Ohne Narkose.«

»Schrecklich!«

»Mir könne so dankbar sein für die kleinen Freuden des Alltags und dass mer gesund sind und Arbeit habe. Der Bruder von der Dodo etwa verkauft für en Verlag Landkarte. An Tankstelle und so weiter. Heutzutage läuft des net mehr. Stichwort Navigationssysteme. Also wird er derzeit gemobbt, mit dem Ziel, ihn rauszuschmeiße. Er ist Ende fünfzig. Und sei Frau is schon lang arbeitslos. Das riecht nach sozialem Abstieg. Wenn mer sich so Schicksale anguckt, dann ist mer nur noch dankbar.«

»Schlimm!«

»Dann die Conny. Erst hat sie ihren Vater gepflegt, jetzt liegt die Schwiegermutter in ihrem Gästezimmer und muss ebefalls gewasche und angezoge werde. Die Conny kann kaum noch aus dem Haus. Kino oder Theater, das kann sie glattweg vergesse. Und guck mal, wie gut mir des vergleichsweis habe. Sitze hier, warte auf den Schwarzriesling, den ich so gern trink, und habe sonst keine Sorge.« Bei »Schwarzriesling« erhebt sie die Stimme.

Schorsch reagiert nicht.

Susanne wird lauter und deutlicher: »Und ich warte auf den Schwarzriesling, den ich so gern trink!«

»Der Schwarzriesling ist aus«, kommt es schließlich sehr sachlich von Schorsch.

Susanne ist entsetzt: »Was? Wie kann des passiere? Ich hab mich den ganze Abend auf den Schwarzriesling gefreut. Jetzt bin ich total enttäuscht! Net nur enttäuscht. Eigentlich auch sauer! Wie kann mer denn als Wirt vergesse, en Wein zu bestelle, den e gute Kundin immer wieder trinkt! Mir ist der Abend verdorbe. Net nur der Abend. Die ganze Woch. Mindestens. Warum ist das Lebe so? Warum?«

Stoltz

Susanne hat es mit der Rechtschreibung. Und sie hasst es, wenn andere einfach so tun, als gäbe es keine Regeln.

Am Stammtisch nervt sie schon mal damit, dass sie die Speisekarte korrigiert. Das hört sich dann so an: »Schorsch, Wurstsalat mit Champignons ist falsch geschrieben. Hier, Champions schreibt ihr. Und Schorsch's Geheimrezept ist auch nicht korrekt. Es steht kein Apostroph zwischen dem Schorsch und dem s!«

Schorsch verdreht dann die Augen. Das ist schon mal eine von den alten Schabracken, die er nicht mit nach Hause nehmen würde.

Susanne liebt also die deutsche Sprache. Deshalb kann sie eines Abends in jenen für Singles eher trostlosen Tagen kurz vor Weihnachten nach einer Flasche Dornfelder nicht widerstehen, sich in Facebook zu einem Sachverhalt zu äußern. Matze, der Gatte einer Freundin, mit dem sie in Facebook so befreundet war, wie man in Facebook eben befreundet ist, was bedeutet, dass sie ihn nicht einmal erkennen würde, wenn er aus ihrem eigenen Badezimmer käme, fährt Motorrad. In einem Club mittelalter Männer mit Tattoos und Ohrringelchen.

Eines Abends entdeckt Susanne per Zufall die von Matze geteilte Botschaft eines Motorradclubs namens »Ghost Riders«: »Erst wenn der letzte Rocker ausgestorben ist, werdet ihr wissen, dass man Stoltz und Ehre nicht kaufen kann!«

Susanne traut ihren Augen nicht. Stoltz!!

Unten dran hatte einer der Rocker kommentiert: »Wie war!«

Gegen ihre Gewohnheit schaltet sich Susanne ein und schreibt triumphierend: »Auch echte Kerle beherrschen die deutsche Rechtschreibung!«

Dann schläft sie auf dem Sofa ein und hat das Vorkommnis schon morgens vergessen.

Aber es soll sich herausstellen, dass das Vorkommnis sie nicht vergessen hat.

Wenige Stunden später, so etwa um siebzehn Uhr, erzittert die Straße vor ihrem Haus und danach das ganze bürgerliche Haus, da zuerst alle Fenster aufgerissen und dann panisch wieder zugeschlagen werden.

Susanne tritt auf ihren Balkon, fröstelt, zieht ihre Strickjacke enger um sich und sieht hinunter auf eine ruhige, gepflegte Vorortstraße zwischen den Jahren, auf der sich sonst ein paar Omis mit Hund und Kinder mit Tretrollern tummeln. Diesmal gibt es auch Roller, aber keine zum Treten, sondern solche mit Motor, solche zum Aufheulenlassen, und statt der Kinder sind vierschrötige Muskelpakete zu sehen, Gestalten aus Horrorfilmen gleichend.

Auf den schwarzen Lederanzügen sind wenig überraschend Totenköpfe, Beile, Revolver, Kampfhundgesichter und andere Symbole aufgestanzt, die man lieber nicht genauer erkennen will. Hinter Schals blitzen Augen und Bartstoppeln hervor, die Hände stecken in Handschuhen, und wenn nicht, zieren sie fette Ringe. Stiefel und Helme sind tipptopp in Ordnung, das kann man sehen.

Susanne überschlägt, dass es sich um mindestens zehn, gefühlt aber fünfzig Rocker handelt.

Der Hausmeister, ein spillriges Männlein mit Fahrrad, quäkst durch die Lamellen seines heruntergelassenen Ladens hervor: »Wer sind Sie? Was wollen Sie?«

»Frau Löffler. Wir wollen zu Frau Löffler!«

»Sie wohnt zweiter Stock rechts. Nehmen Sie sich, was Sie wollen!«, quiekst die feige Ratte von Hausmeister und lässt den Rollo nach unten schnalzen.

Susanne geht auf Zehenspitzen in ihr bislang noch unzertrümmertes Wohnzimmer. Paul ist nicht zu sehen. Erfahrungsgemäß hat er sich hinter der Klobürste versteckt. Zumindest lebt er stets an den Tagen rund um Silvester an diesem sicheren Ort.

Mein Gott, warum hat sie diesen Kommentar machen müssen! Warum? Wen kümmert es, wie man »Stolz« schreibt. Es ist doch nur ein Wort.

An der Tür klingelt es. Das Reiben von Leder auf Leder und schweres Atmen. Der Blick durch den Spion bestätigt es. Zwei Rocker mindestens stehen an ihrer Tür.

Susanne atmet tief statt flach, wie es ihre Psychologin ihr gegen Ängste beigebracht hat, macht die Tür auf, lacht unnatürlich wie ein Pferd und sagt: »Ihr habt recht, Leute. Es ist nur ein Wort, ein blödes, dummes Wort, und jeder soll es schreiben, wie er meint.«

»Nein!«

Der Anführer, ein Riese von zwei Quadratmetern, nimmt den Helm ab. Weißblondes Haar kommt zum Vorschein. Ein »Albieno«, hahaha.

»Es is net nur e Wort!«

»Ja, Stolz ist etwas Wunderbares. Etwas Hohes, Hehres … Jeder Mensch trägt es im Herzen und deshalb muss man es eigentlich gar nicht schreiben, hahahaha.« Susanne verfällt in gekünsteltes Schriftdeutsch.

Der »Albieno« schüttelt den Kopf. Mit einer Kopfbewegung kommandiert er einen Schlaks aus der zweiten Reihe nach vorne, der macht einen Schritt auf Susanne zu, die nunmehr einen Schritt in die Wohnung zurückweicht.

Im Hausflur herrscht Totenstille.

»Wir wollte Sie was frage: Könnte Sie uns Stunde gebe, wie mer richtig schreibt? Wir bezahle gut. Im neue Jahr wolle wir besser schreibe könne.«

»Was??!«

»Rechtschreibestunde. Wir wolle richtiges Deutsch lerne. Hier …«

Der Junge drückt der zittrigen Susanne eine Liste mit verschiedenen Eintragungen in die schwitzige Hand.

Susanne liest: »Inderesenden. Termiene. Forkenntnisse.«

»Das hat der Wolke, der Präsident von unserem Chapter, geschriebe. Er ist der Beste von uns.«

Susanne weicht an die Wand zurück. »Er ist der Beste von euch?«

»Ja. Und? Mache Sie's?«

Susanne atmet tief ein. »Männer. Ihr müsst jetzt sehr stark sein. Nehmt euch mal bitte für nächstes Jahr nichts groß vor. Ihr werdet wenig Zeit für Hobbys wie Leute-Erschrecken und Lautstarke-Runden-Drehen haben. Am Dienstag um 18 Uhr erwarte ich euch zur ersten Stunde. Ach, und parkt ruhig auf dem Platz, auf dem das Schild ›Hausmeister‹ steht. Er freut sich immer über Gäste.«

Gesunde Haxe

Ein Anruf bringt die Gewissheit. Im »Wurstsalat-Paradies« wird es heute am letzten Sonntag des Jahres ausgerechnet Wurstsalat aus Gelbwurst und Paprika geben und das mag keine.

Gelbwurst hört sich nach den 70er Jahren an, als Farbstoffe in Lebensmitteln noch was Hübsches gewesen waren.

»Gehen wir woanders hin. Ich bin zwar keine Vegetarierin mehr, aber trotzdem muss man nicht jeden Sonntag dieses fette Zeug essen. Und jetzt so kurz nach Weihnachten sollten wir sowieso etwas auf die Linie achten.«

Alle haben um Weihnachten herum zu viel gegessen und alle stimmen zu.

Ausgewählt wird ein elsässisches Restaurant, das neu in der Innenstadt von Karlsruhe eröffnet hat und sich guten Zuspruchs erfreut.

Der Stammtisch wird mit der fetten Lüge »Alle sind krank, es ist ja auch so kalt« abgesagt. Schorsch zuckt die Achseln und nimmt das Stammtischschild weg. Sie werden ihm fehlen heute Abend, die Mädels.

Der Tisch im »Canard dormant«, der »schlafenden Ente«, wird bestellt.

»Oh, sooo lecker!«, freut sich Elke. »Und bestimmt nicht so ungesund wie in unserem ewigen ›Wurstsalat-Paradies‹. Ich nehme den Salat aus Löwenzahn und gerösteten Kürbiskernen.«

»Sehr gut!«, lobt Gerda. »Ich werde die Zucchiniperlen an Estragonschaum bestellen. Auch gesund und macht nicht dick!«

Susanne entscheidet sich aus dem gleichen Grund für Kartoffeln mit Crème fraîche und frischen Kräutern.

Lore ist angesichts der vielen fremden Speisen überfordert: »Was sind gegrillte Girolles, Ingrid? Du kannst doch so gut Französisch!«

Ingrid erschrickt. Girolles, girolles. Mist. »Das kann man nicht wörtlich übersetzen!«, lügt sie blitzschnell.

»Oh, doch, Madame!«, sagt der herbeigerufene Kellner überflüssigerweise. »Das sind wörtlich übersetzt Pfifferlinge.«

Johanna-Marie, die ebenfalls gesund essen will, nimmt die Melone mit Parmaschinkenrosetten.

Nur Sylvia, zu aller Überraschung, bestellt die Schweinshaxe auf Sauerkraut und mit Bratkartoffeln. »Hab ich Lust drauf. Und für Handtaschen ist man halt nie zu dick. Das ist das Schöne. Nur eine Größe.«

»Dass du dich net schämst!«, mault Lore. »Weißt du nicht, wie grausam die Schweine gehalte werde? Dabei sind sie so intelligent wie wir.«

»Wie manche von uns!«, bemerkt Gerda. »Aber ich verspeise auch kein Schweinefleisch. Es ist im ›Guten Buch‹ nicht vorgesehen.«

»Welches ›Gute Buch‹?«

»Die Bibel!«

»Ich find's zu fett. Und dann noch als Haxe!«, wirft Susanne ein.

»Ist nichts für meine Zähne. Die Kruste ist regelmäßig zu hart.« Das kommt von Ingrid.

Johanna-Marie doziert: »Am Abend soll man nicht so schwere Sache esse.«

Sylvia schweigt verstockt.

Die Speisen erscheinen nach und nach. Sie sehen alle gut aus. Grün und rot und gelb und geschrotet und lecker und gesund und wohlriechend.

Zum Schluss erscheint die allseits geschmähte Haxe. Leider sieht sie umwerfend aus. Groß, braun, knusprig, aber doch zart, ein wenig Fett trieft aus ihr heraus auf die krossen Bratkartoffeln.

Sie riecht unglaublich. Nach Biergarten, nach Kalorien, nach ... lecker.

»Darf ich mal kosten?« Gerda schluckt, wirft Blicke in Sylvias Richtung und richtet hernach die Gabel auf deren Teller. »Nur damit ich weiß, wie so was schmeckt ... Du darfst auch eine Zucchiniperle von mir haben.«

Und schon knuspert sie an einem Stück Haut herum. »Hmmmm.«

Elke zieht nach. »Lass mich nur mal ein Stück von der Kruste dahinten probieren. Ich will nur vergleichen. Mit meiner eigenen Haxe. Also der Haxe, die ich herstelle. Hier hast du vom Löwenzahnsalat. Nimm gleich zwei Blättchen.«

Lore legt die Gabel zur Seite. »Also, dann darf ich auch mal ... nur ein Stück von dem rosa Fleisch da.«

Der Wirt des »Canard dormant« ist ein wenig erstaunt, als er später einen Blick auf Tisch acht wirft.

Die Frau, die vernünftigerweise die Haxe, Spezialität des Hauses, bestellt hat, sitzt ratlos da und auf ihrem Teller tummeln sich Zucchiniperlen, Löwenzahnsalat, weißer Käse sowie Parmaschinken und Melone. Die anderen Frauen um sie herum kauen alle mit verzückten Augen an etwas herum, das wie Fleisch aussieht.

»Komisch«, denkt er. »Warum haben sie sich nicht alle gleich Haxe bestellt?«

Ein Winterausflug nach Straßburg

Die Tage und Wochen nach dem Jahreswechsel sind irgendwie trostlos. Grau und voll schlechtem Gewissen darüber, was man alles hätte tun wollen und nicht getan hat. So ergeht es den Mädels, als sie beim »Solo-am-Sonntag«-Stammtisch beschließen, einen dieser grauen Wintertage gemeinsam zu verbringen.

Es herrscht eine unzufriedene Stimmung. Das alte Jahr hat nicht viel von dem gehalten, was es versprochen hatte, als es noch jung war. Fast alles ist gleich geblieben.

Gut, Lore ist in eine Seniorenanlage gezogen. Ist das wirklich alles, was an Neuigkeiten zu vermelden ist, fragt sich jede Einzelne. Dass eine von ihnen ins Betreute Wohnen zieht? Und wie wird es dieses Jahr, nächstes Jahr und übernächstes Jahr sein?

»Kommt, fahre mer doch alle mal nach Straßburg. Jetzt im Winter ist des *die* romantische Hauptstadt Europas!«

Johanna-Marie jubelt, obwohl ihr gar nicht nach Jubeln ist. Sie wird auch weiterhin meistens nur Torstens Rücken sehen, denn der Computer kennt weder Tag noch Nacht.

Sylvia kann sowieso jedes Jahr anhand der Zahl ihrer Handtaschen nachvollziehen.

Elkes Kinder sind größer geworden, die Katze grauer und ihre Schwiegermutter älter.

Susanne ist immer noch keine Bestsellerautorin und Ingrid hat mindestens zehn neue Falten in ihrem Gesicht begrüßen müssen.

»Lübeck ist auch …« Gerda kämpft immer mal wieder für den Nooorden und sehnt sich an Tagen wie diesen dorthin zurück.

»Ach, Lübeck. Pfui. Kalt und nordisch. Brrr.« Johanna-Marie schüttelt sich. Dann träumerisch: »Ich bin schon eine

Ewigkeit nicht mehr in Straßburg gewese. Also, genau genomme seit dem Abitur.«

»Was? So lange?«

Johanna-Marie verdreht die Augen. »Naja, so lange ist relativ. Und damals hatt ich so ein süßes Hotelchen. Zusamme mit Rabe, der eigentlich Rudolf geheiße hat, aber alle habe ihn Rabe genannt, keine Ahnung, warum. Ach, war das ein hübscher Kerl. Und seine Händ ... ach, ich mag gar nicht dran denke. Jedenfalls muss ich schaue, ob es des süße Hotelchen noch gibt. Der Name hat sich mir eingebrannt: ›La jolie bicyclette!‹«

Kurz darauf verkündet sie allen per Facebook, WhatsApp, E-Mail und Telefon – Gerda –, es gebe das Hotelchen noch und es habe Zimmer frei für die nächste Nacht.

»Sie habe jetzt sogar Wellness! Ja, ja, nix bleibt stehe im Lebe.«

Gesagt, sofort gebucht.

Sieben badische Damen mit vierzehn Koffern entern an diesem kalten, hochwinterlichen Wochenende die Hallen des »La jolie bicyclette«.

»Es hat sich überhaupt nicht verändert«, freut sich Johanna-Marie, küsst alle ihre Freundinnen warm und drückt sie ganz fest.

In einem winzigen Raum neben einem Aufzug aus der Zeit der Revolution sitzt indes ein Mann mit Turban, kaut an etwas, das sich hinterher ausspucken lässt, und mit schwarzen Fingernägeln überreicht er der Truppe altmodische Schlüssel mit verzierten Nummern.

»Ascenseur!«, sagt er auf Sylvias Frage, wer wohl mit dem Gepäck helfen würde.

Johanna-Marie entlastet ihn mit einem schrillen Begeisterungsschrei. »Wie französisch! Ist eben keine devote Sklavennation. Wartet, bis ihr erst die reizende Zimmer seht!«

Sie warten ...

Bis sie vereint in Johanna-Maries Besenkammer stürmen und laut werden.

»Mei Zimmer ist grad mal so groß wie mei Koffer!«

»In dem Bettlake is e Loch!«

»Ich hab e Kakerlake gesehe! Sie hat mich frech angeguckt und hat sich dann hinter die Toilette verzoge. Zu ihrer Familie. Ich zieh sofort aus!«

»Es gibt keinen einzigen Kleiderbügel! Nur Nägel!«

Tja. Aus den Fenstern sieht man eine reizvolle französische Hauswand. Die Fenster haben keine Läden und nur dünne Glasscheibchen. Bis um drei Uhr morgens ziehen grölend Jugendliche aus der benachbarten Kneipe an den Fenstern vorbei.

Nur Gerda stört das nicht. Sie hat immer Ohropax dabei. Es gibt zwar eine Dusche, doch der Schlauch leckt. Das Bett ist hart, klein und die Decke dünn wie Papier. Die zu Hilfe genommene Wolldecke stinkt, als habe schon Marie-Antoinette bei der Flucht einst ihre Füße damit gewärmt. Es gibt keine Minibar, aber immerhin einen Fernseher hoch oben an der Wand. Er zeigt leider nur französische Programme.

Die Zahnputzgläser im Bad haben Schlieren. Das Wasser rinnt dünn, kühl und trübe.

»Wo ist das Wellness?« Sylvia packt Johanna-Marie am Kragen. »Zeig es mir oder …«

Der daraufhin befragte Turban-Portier führt die verstockt schweigende Damenschar in den Keller und öffnet einen Raum, in dem ein feucht riechender Holzbottich nebst Schöpflöffel steht.

»Wasserkür. Aber 'eute außer Betrieb.«

»Was ist hier los, Johanna-Marie? Wieso hat sich dieses Hotel so verändert?«, fragt Gerda mit bohrendem Blick.

Johanna-Marie schluchzt auf. »Es hat sich doch gar nicht verändert!«

Alle schweigen ratlos.

Dann sagt Sylvia trocken: »Doch. Es hat sich wirklich was verändert, Mädels. Nicht das Hotel. Das war wahrscheinlich immer schon so mies wie heut. Nein. Johanna-Marie hat sich verändert. Wir alle habe uns verändert. Sie war damals verliebt. Unvernünftig und sorglos. Wahrscheinlich habe Rabe und sie das Bett so zugerichtet, wie es heute ist. Damals hat sie nichts von dem gesehe, was wir heute beklage. Sie war einfach jung.«

Alle schweigen.

»Und das ist vorbei.«

Alle schweigen.

»Noch e Glas Champagner gefällig, Mädels? Vielleicht verändert sich alles, aber eins verändert sich net: Wir treffe uns auch in diesem Jahr jeden Sonntag im ›Wurstsalat-Paradies‹!«

Von Eva Klingler: zum Weiterlesen

In Ihrer Buchhandlung

Suppengörls

Badische Geschichten

Mitten im Leben stehen die badischen Freundinnen rund um Luxusweib Sylvia, Gutmensch Lore und Hundebuchautorin Susanne – und ziehen Bilanz: »'s Lebe hat alles Mögliche versproche, aber bis jetzt net viel gehalte!«
Das soll sich im neuen Jahr endlich ändern. Doch so verschieden die Frauen sind, so unterschiedlich sind auch ihre Träume …

Mit Suppenrezepten zum Nachkochen. 232 Seiten.
ISBN 978-3-8425-1275-7

Baden all inclusive

Roman

Die Möchtegern-Bühnenautorin Theodora ist ständig knapp bei Kasse. Notgedrungen bwirbt sich die überzeugte Schwäbin als Reiseleiterin für Baden. Während der einwöchigen Schulung muss sie ihren Chef, einen Schwabenhasser, von ihren Fähigkeiten überzeugen. Zu allem Überfluss gibt es noch Mitstreiter um den Job und jede Menge Verwirrungen um Ex-Freund Klaus. Ein turbulentes »Road-Movie«, kreuz und quer durch Baden …

240 Seiten.
ISBN 978-3-8425-1148-4

Silberburg-Verlag
www.silberburg.de